내일 더 **행복**하기

매일매일 **선택**의 연속

가령 —

매일매일 **선택**의 연속
가령 —

이것도 **선택**

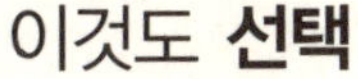

중학교 시절
Past
배드민턴부
취주악부
피아노
농구부
공립고
사립고
고등학교 시절
대학교 시절
집에서 독립
취주악부
이공계대학
미술대학
음악대학
건축학과
만화가
취직
만화가
유학
영화 연구부
설계 사무소
아르바이트
아르바이트
중학교 시절

수많은 **선택**의 결과로
'오늘의 나'가 존재한다

Present

어제까지와는
다른 걸 해보는 거야!!!

내일 더 **행복**하기 위한 **열쇠**,
바로 **여기**에 있다!

내일 더 **행복**하기 위한 **열쇠**,
바로 **여기**에 있다!

차례

Chapter 1

두뇌케어

Chapter 2

마음케어

몸케어

Chapter 4

생활케어

[실천가능성]에 대해

내가 실제로 해보고 좋았던 것, 혹은 실천하기 쉬워
추천하고 싶은 것을 ☆ 5개로 표시했어요.
(★★★★★ 만점) 참고해주세요.

내일 더 행복하기

가미오오카 도메 지음 은미경 옮김

마로니에북스

시작하는 말

어릴 적에는 섣달 그믐날과 설날이 다가오면 콩
닥콩닥 가슴이 뛰곤 했어요. 평소에는 쿨쿨 자
고 있을 시간에도 섣달 그믐날만큼은 깨어 있을 수
있었으니까요. 게다가 설날에는 거리가 평소 북적거렸다는 게 믿기
지 않을 만큼 쥐 죽은 듯 조용해져요. 어제와는 너무나 다른 특별한
시간이 흐르는 것 같아 이상하게 가슴이 두근거리곤 했어요.

어른이 되어 쫓기듯 하루하루를 지내다 보면, 가끔 일상에서 벗어
나 어제와는 다른 뭔가를 해보는 게 점점 더 즐거워지는 것 같아요.
가끔은 평소 좋아하는 가수나 연주자의 콘서트에 가서 즐
겨 보세요. 미지의 세계로 여행을 하면서 기분을 바
꿔보는 것도 좋겠지요. 어쩐지 세상이 한순간에 달
라 보이는 걸 느낄 수 있을 거예요.
그렇다고 일상에서 탈출하는 데 늘 돈과 시간, 그리
고 각오까지 꼭 필요한 건 아니랍니다. 매일매일 반복
되는 일상생활 속에서도 뭔가 새로운 것을 지금 당장
시도해볼 수도 있어요. 아주 사소한 것들부터. 가령 식

탁 위에 어질러져 있는 잡다한 물건들을 말끔히 치워 보세요. 실제로 해보면 의외로 기분이 달라져요. 이런 게 발전하면 지금까지는 보이지 않던 게 보이고, 자신이 나아가야 할 길에서 선택의 폭까지 확 넓어질지도 모른답니다.

여기서 소개할 이야기는 내 일상생활 중에서 〈뭔가 어제와는 달라〉라고 느낀 것들이에요. 이게 독자 여러분이 내일 더 행복할 수 있는 실마리가 되면 좋겠어요.

오늘은 또
어떤 하루가 기다리고 있을까‥

두뇌케어

001 :
의미 있었던 **오전근무,**
한돈

토요일 하면 생각나는 게 '오전근무' (한돈)예요. 물론 주5일 근무제가 되고 나서는 그리 잘 쓰지 않는 말이 됐지만.

내가 다니던 건설회사는 격주 토요일 근무를 했어요. 오전근무 전날 밤에는 "내일도 아침 일찍 일어나야 한다!"는 생각에 괜시리 마음이 무겁고 우울해지곤 했답니다.

그런데 재미있는 건 이런 날은 오전 중 회사에 나간 김에 오후에는 오히려 의미 있는 시간을 즐길 수 있었다는 점이에요. 점심 무렵

부터 쇼핑을 하거나 영화를 볼 수도 있었고, 스포츠센터나 수영장에
서 운동도 했어요. 사실 쉬는 날 집에 있으면 점심때까지 빈둥거리다
가 소중한 하루를 눈 깜짝 할 새에 흘려보내고 마니까요.

내가 초등학교 다닐 때 일인데요. 아버지는 요코하마 집에서 회사
가 있는 도쿄까지 매일 출퇴근하는데다 일도 너무 바빠 귀가시간이
항상 늦었어요. 아버지가 오실 때쯤 나는 벌써 꿈나라를 헤매니, 아
버지를 밤에 만나는 건 하늘의 별따기였답니다. 심지어 토요일에도
밤늦게 돌아오시곤 했으니까요.

그러던 어느 날이었어요. 토요일 오후에 언제나처럼 친구하고 동
네 공터에서 놀고 있는데, 아버지께서 우리 쪽을 향해 뚜벅뚜벅 걸
어오시는 게 아니겠어요. 그것도 양복이 아니라, 일상복 차림으로.
회사에 계실 시간인데, 왜?! 아버지는 '오전근무' 라는 설명을 해주
셨죠.

그때는 그 말뜻을 확실히는 몰랐지만, 어쨌든 평소 함께 놀지 못
하던 아버지가 와주셔서 뛸 듯이 기뻤어요. 이날의 기억은 "오전근
무 너무 좋다!"는 추억으로 마음에 깊이 남았어요. 물론 그날은 아버
지에게나 나에게나 평소와는 다른 특별한 토요일이 되었어요.

가끔은 어제와는 달리 써보는 시간

아침형 인간의
재발견

얼마 전에 중학교 1학년에 다니는 아들이 야구 원정경기를 하러 갔어요. 집합시간은 새벽 5시. 그 바람에 나도 새벽 3시 반에 일어나야 했어요. 아침밥을 준비해야 했으니까요. 아직 캄캄한 이른 새벽!

집합장소까지 자동차로 데려다 주는데, 항상 지나다니는 교차로의 신호가 낮과는 달리 아직 깜빡깜빡 점멸상태더군요. 집합장소 주변도 어둠의 장막이 덮인 듯 아직 깜깜한데, 오로지 아이들을 태울 버스의 실내등만이 훤하게 불을 밝히고 있었어요.

버스를 보내고 집으로 향하는데, 그제야 건너편 하늘이 어슴푸레해지기 시작했어요. 슬금슬금 어둠이 걷히고 아침이 밝아오려는 새

벽의 향연, 정말 환상적이었어요. 항상 낮에 시간에 쫓기며 지나가던 장소였는데 이렇게 보니 완전히 별천지였답니다!

그러고 보니 도쿄에서 대학교에 다닐 때에도 비슷한 일이 있었네요!

나는 건축학과 학생이었지요. 그날은 설계 과제를 제출하는 날이어서 설계도와 손수 제작한 모형을 갖고 가야 했어요. 평소에는 콩나물시루 같은 만원전철을 타고 통학을 했지만, 그날만은 아직 붐비기 전인 이른 아침에 전차를 탔지요. 철야를 한 탓에 자꾸만 감기는 눈을 부벼 뜨며 말이에요.

도심에 위치한 역에 내리니 사방은 아직 인기척도 많지 않고, 차분하게 가라앉아 있었어요. 낮에는 학생, 회사원, 자동차들로 북적거리던 거리가 부드러운 아침햇살을 받아 환하게 반짝이고 있었어요. 마치 더러움들이 모두 씻겨나간 듯 말이에요.

"도쿄도 아침햇살을 받으니 이렇게 예쁘잖아!"

그때까지만 해도 만원전철 통학과 쉴 새 없이 밀어닥치는 산더미 같은 과제 때문에 숨이 턱까지 차 헉헉거리던 나. 그 광경을 보니 어쩐지 그 거리가 내 지친 어깨를 가볍게 톡톡 두드려주는 것 같은 착각이 들었어요. 다시 한 번 더 열심히 뛸 수 있을 것 같은 힘이 마구 솟구치는 듯한 느낌도 들었지요.

아이를 보내고 집에 돌아오니 6시도 안 됐네요. 아이는 지금쯤 버스 안에서 내가 만든 주먹밥을 베어 물고 있을까? 평소보다는 조금 긴 아침. 다시 잠들어버리는 건 왠지 억울해. 뭘 할까~, 조금은 가슴이 설레는 아침이었어요.

일상의 풍경을 바꿔주는 아침햇살

벼락 **시인**의
깨달음

생각지도 못했는데 우연히 〈하이쿠모임〉에 난생 처음 참가하게 됐어요.

계기는 친구가 내비게이터로 있는 FM라디오 방송에 내가 게스트로 출연한 것. 마침 이날 다른 코너에 하이쿠 시인 아자 요코 씨가 출연했어요. 이것도 인연인데 아자 씨를 모시고 방송 후에 하이쿠모임을 하는 게 어떠냐는 의견이 나왔고, 나도 엉겁결에 참여하게 된 것이지요.

친구가 하이쿠를 짓는다는 사실도 그때 처음 알았어요. 그렇지만 아자 씨가 하이쿠를 엄청나게 톡톡 튀고 재미있게 짓는다는 정보와 맛있는 생선초밥을 먹을 수 있다는 말에 솔깃해 얼른 OK하고 말았답니다.

그런데 며칠 후 그 친구로부터 "하이쿠모임 때까지 하이쿠를 3개 지어오라"는 연락을 받았어요. 앗~, 이거 어쩌지? 하이쿠의 기본도 모르는데… 그래도 '대충이라도 지어야 해' 라는 심정으로 별 수 없이 몇 수 지어 봤어요.

드디어 결전의 날! 아자 씨를 비롯해 남자 2명과 여자 6명, 그리고 우리들. 아자 씨는 환갑이 넘었는데도 귀엽고 서글서글했어요. 다른 참가자들도 나보다 연장자로 하이쿠 경력이 오래 된 분들이었어요.

우선 참가자 전원이 낸 하
이쿠를 일람표로 만들어
서 서로 평가를 했어요.

그때서야 겨우 기억
이 나더군요. 하이쿠는
5-7-5의 운율로 짓는다
는 사실! 너무 늦었군!
그래도 아자 씨는 질린
다는 기색도 없이 여러
가지로 충고를 해주었지요.

그중에서 너무나 인상적이었던
것은 자신의 심정을 직접 표현하지 말고,
읽는 사람의 상상에 맡긴다는 말. 짧은 문장이기 때문에 표현의 틀이
좁아지는 게 아니라, 읽는 사람이 마음껏 상상할 수 있도록 함으로써
오히려 표현이 넓어진다고 하네요.

언제나 알기 쉬운 문장 쓰기에 애써온 나. 그렇지만 설명만 열심
히 하는 것이 꼭 좋다고만 할 수 없다는 말이네요. 대발견!

5-7-5 운율 속에서 새로운 힌트를 찾아낸 고작 3시간짜리 초짜
시인이었습니다.

별 생각없이 사용하던 말도 잠시 궁리해보기

004 :
더위를 피하는 방법

짧지만 영국에서 여름휴가를 보내고 일본으로 돌아왔어요. 상쾌하고 시원하게 지내다가 갑작스레 숨이 턱턱 막힐 정도로 더운 일본 날씨에 그만 더위를 먹고 말았어요. 인간은 쾌적한 환경에는 금방 적응되지만, 거꾸로 힘든 환경에는 좀체 익숙해지지 못하나 봅니다.

몸은 나른하고 눈은 풀리고 졸음이 몰려와 집중력도 떨어지더군요. 아까는 책상 위에 있는 자료를 집으려다가, 아직 완성하지 못한 그림 위에 그만 차를 쏟고 말았어요. 흑…흑…

이 무기력한 느낌을 어떻게든 떨쳐버리고 싶은데. 어찌하면 좋을

실천가능성 ★★★★☆

까요?

우선 내 생활을 되돌아봅니다. 평소 에어컨을 빵빵하게 돌린 시원한 방에서 일하고, 밤에는 잠들기 힘든 열대야를 이겨낸다는 핑계로 또 에어컨을 켜놓고 잠이 듭니다. 또 뭔가 구실을 붙여서 차가운 보리차를 벌컥벌컥 들이키죠. 게다가 목욕도 샤워만.

식욕은 없는데도 달콤하고 먹기 쉬운 과자에는 자꾸 자꾸 손이 가~. 너무 더우니까 몸을 어떻게든 식히려고 기를 쓰는 거죠. 차가워지면 확실히 기분은 좋지만, 어쩐지 몸에 엔진이 안 걸려요. 이것부터 바꿔 보기로 했어요. 몸을 풀고 에너지를 충전해 보기로요.

우선 아직 더워지기 전인 아침에 요가 또는 스트레칭을 15분. 그러면 어깨랑 등 근육이 풀려 몸 구석구석까지 피가 잘 통하는 걸 느낄 수 있어요.

그리고 차가운 것은 최대한 자제하고, 따뜻한 차(나는 호지차를 좋아해요)를 마시기로 했어요. 그리고 과자보단 밥을 든든히 챙겨 먹기로 결심!

이럴 땐 채소가 듬뿍 들어간 스프가 좋아요. 양배추, 토마토, 오이, 감자 등 집에 있는 채소와 베이컨을 한입 크기로 썰어 콩소메를 넣고 끓여서 마무리로 카레가루와 소금, 후추. 자극적이라 식욕이 돌아오는데다가 영양까지 만점이죠.

목욕도 샤워보다는 욕조에 몸을 담가 전신을 따뜻하게 덥히세요. 그러면 피곤이 사르르 풀린답니다. 자, 이제 다시 내 몸에 스위치를 올리고 남은 더위를 이겨내자고요!

더우니까 오히려 스트레칭과 따뜻한 스프

005 :
지도로
세계 여행

학생시절에는 지리를 너무나 싫어해서 시험을 앞두고는 언제나 우울한 기분이었어요. 지명은 못 외우겠고, 밀가루가 특산품이라든지 무슨무슨 공업지대라든지 하는 말이 나오면 머리에서 쥐가 날 지경이었어요.

그런데 요즘은 세계 지도 보는 게 너무 즐거워졌어요. 중학교 1학년에 다니는 아들에게 시험 전에 문제를 내주려고 지리 교과서와 지도책을 봤던 게 계기가 됐어요. '그리니치 자오선'이라는 말을 처음

실천가능성 ★★☆☆☆

으로 이해하고 시차 계산을 할 수 있게 되었답니다! (당연하다고요?) 나한테는 무려 30년 만의 쾌거라고요. 또 지도에서 이름만 알던 나라의 위치도 하나하나 알게 되는 게 어쩐지 기쁘기까지 하답니다.

그리고 때마침 '세계육상대회' 개최. 관심이 가는 선수, 선수복, 국기를 볼 때마다 출신국을 체크했어요. 장대높이뛰기의 이신바에바 선수의 출신국가인 러시아는 대충 알아도 자메이카나 에티오피아, 케냐 같은 나라는 이름은 자주 들어봤지만 위치를 말하라면 솔직히 어색한 '침~묵!' 뿐.

이번에 지도책으로 다시 한 번 확인해보니 에티오피아와 케냐는 아프리카에, 자메이카는 아프리카가 아니고 중남미에 있더라구요. 뒤죽박죽 섞여 있었던 파나마, 바하마, 파로마(이건 나라 이름이 아님)에 대한 오해도 해소. 앗, 축구에서 자주 들었던 카메룬도 발견. 월드뉴스에서 듣던 나라와 지명도 지도책에서 장소를 확인하면 구체적인 이미지가 생기고, 뉴스에도 흥미가 생기더군요. 지금까지는 내가 모르는 장소라며 그냥 흘려들었는데…

좀더 빨리 세계를 이미지 속에 넣고 싶어서 지구본을 구입했어요. 학생시절에 이런 열정이 있었다면 지리에 자신 있는 여학생이 되었을 텐데! 지구본을 바라보면 이 둥근 혹성 위 구석구석에 67억 명의 사람들이 제각각의 드라마를 갖고 있겠구나 싶어요. 그중에는 웃고 있는 사람도, 전쟁이나 병으로 고통 받고 있는 사람도 있을 거예요. 그렇게 생각하면 건강하게 지낼 수 있다는 것만으로도 감사할 일이고, 오늘도 자신이 할 수 있는 일에 최선을 다해야겠다고 생각합니다.

생각을 지구 규모로 하면 시야도 지구 규모

006 :
영어 **시험**에
도전

우리집 중학생 두 명은 중간고사가 바로 코앞인데도 '맹렬 공부!'를 하기는커녕 너무나 초연한 모습이에요. 나만 "진짜 저래도 되는 거야?" 하고 발을 동동 구를 뿐.

그러고 보니 '시험'과는 완전히 결별한 나. 마지막 시험이 24살 때 본 1급 건축사 시험이었던가.

그래서 이번에 약 17년 만에 시험을 보기로 중대 결심! 그 이름도 대단한 〈TOEIC IP〉. 그렇습니다. 영어 시험이랍니다.

실천가능성 ★★★☆

실은 3년 전부터 영어회화 학원에 다니고 있어요. 해외여행에서 곤란한 상황은 피해야지 하는 자그마한 소망으로. 수업시간에는 무조건 필사적이에요. 아무 생각도 나지 않을 정도로 맹렬히 몰입하는데, 이것도 기분전환에 꽤 쓸 만해요. 게다가 영국이나 미국 출신 선생님들하고 제대로 말이 통했을 때의 그 기쁨이란!

그런데 작년 여름, 내 수준을 알아보는 차원으로 가볍게 시험을 봤더니 상상도 못한 참담한 결과… 그래서 '복수의 재결전!'을 준비했답니다. 그게 바로 시험에 다시 도전하는 것이었죠. 신청은 시험 4개월 전. 그때는 공부할 의욕으로 넘쳤었지만, 시험이 가까워질수록 일이 많아져서 너무나 바빴답니다. 공부할 짬을 도무지 낼 수가 없었답니다!!(변명…)

시험 이틀 전에 진지하게 시험을 그만둘까 고민도 했어요. '공부를 하나도 안 했으니 쓸데없는 짓일 거야! 게다가 안 본다고 해서 뭐 크게 달라지는 것도 없잖아.' 그렇지만 시험을 보기로 결심한 건 나 자신. 여기서 도망가 버리면 다음에도 또 그러겠지. 그래, 가는 거야!

이러이러 해서 어느 토요일 오후에 시험을 봤어요. 결과는 전혀 자신이 없었지만, 도망가지 않은 것만으로도 나 자신을 대견하게 여기기로 했어요.

역시 점수는 엉망진창. 그래도 지난번보다는 몇 십 점이나 올랐다고요! 또다시 더 공부해보고 싶은 열망! 그래서 지금 〈영어로 에세이 쓰기〉라는 새로운 야망이 가슴에서 요동치고 있답니다.

어제와는 다른 분위기를 스스로 즐기기

007 :
목욕탕에서도
영어 공부

"계속하는 게 힘이다" 누구나 아는 말이지요. 그렇지만 알아도 좀체 실행하기는 쉽지 않네요. 특히 저에겐 영어 공부가 바로 그래요.

영어회화 학원에 다니기 시작한 지 어언 만 3년이 됐지요. 처음에는 해외여행가서 곤란을 겪고 싶지 않다는 단순한 목적이었는데, 지금은 '영어로 에세이를 쓴다' 는 야망으로 발전.

그렇지만 두 번이나 도전했던 TOEIC 시험에서 보기 좋게 참패. 원고 마감이 다가오면 학원을 쉬기도 했고, 이런저런 이유로 수업을 취소한 적도 한두 번이 아니었어요. 의욕이 넘치다가도 팍 식어버리기도 하고.

"영어 공부는 조금이라도 좋으니 매일 하는 게 좋다"는 충고를 자주 들어요. 복근 운동과 마찬가지로 매일 조금씩조금씩 하는 게 효과적이라는 겁니다. 그래서 매일 5분씩 영어 공부를 하기로 결심했어요. 그렇지만 '매일' 이라는 게 정말 미꾸라지처럼 요리조리 빠져나가버리네요. 바쁘게 지내다 보면 그 5분을 뒤로 미루고는 잊어버리기 일쑤니까요.

여름에 영국에 갔다 온 뒤 한동안은 영어 공부를 꽤나 열심히 했어요. 단 일주일이라는 짧은 시간이었지만, 쭈욱~ 머릿속은 영어였거든요. 가끔은 자극도 필요한 것 같네요. 그런데 그게 오래 가지 못

하고, 3개월 지난 지금은 효과를 발휘하지 못하고 있어요.

그럴 때 영어회화 선생님한테 배운 게 "샤워할 때 그날 아침에 생긴 일부터 영어로 말하기" 맞아! 아무리 바빠도 샤워는 거의 매일 하잖아요. 전 욕조에 몸을 담그고 바로 실천. 모르는 단어는 목욕이 끝난 후 꼭 찾아본답니다.

지난 주에는 재즈를 들으러 라이브하우스에 갔었답니다. 너무나 멋진 연주가 끝난 후에 미국인 연주자에게 사인을 받으러 갔어요. 감동했다는 말과 감상이 자연스럽게 영어로 술술 나오는 거예요.

따로 시간을 내는 게 아니라 생활 속에서 늘 하는 행동에 얹어 가는 것. 계속 하기 위한 하나의 방법이 될 거예요, 비단 영어뿐만이 아니고요.

새로운 것을 계속하고 싶다면 지금의 습관에 추가하기

008 :
공부하는
즐거움

드~, 드디어 영어검정 시험 2급에 합격했어요오~~~!!! 내 자신이 너무나 자랑스러워요. 거기까지 가기가 정말 험난했으니까요.

2급은 고등학교 졸업 수준의 영어 실력. 나도 고등학교를 졸업했으니까 영어 공부를 했을 텐데도 그 지식도 기억도 깨끗하게 사라져 버리고 말았어요.

영어는 지금까지 여러 번 도전했지만 항상 좌절의 연속이었죠. 유일하게 계속하는 게 지금 다니고 있는 영어회화 학원. 벌써 4년이 되네요. 투자한 시간에 비해 성과는 그저 그래요. 2년 전에 본 TOEIC 시험 성적은 300점대. 그 1년 후 본 시험에서도 그다지 늘지는 않았고…

이대로 돈과 시간을 낭비해 버리는 것은 아닐까?

그래서 뭔가 목표를 만들자고 결심한 게 영어검정 시험 응시. 3급을 본 게 중학교 3학년 때니까 28년 만이네요.

그런데 공부에 쓸 수 있는 시간이 별로 없었어요. 고민 끝에 아침에 평소보다 30분 일찍 일어나 그 시간을 활용하기로 결심했죠. 매일매일 기출문제를 푸는 데만 매달렸어요.

그런데 정작 시험을 봐야 할 6월에 몸이 아파 그만 시험을 못 보고 말았어요. 억울한 심정으로 그 해 10월에 재도전했고요. 그런데 이번에는 일이 바빠서 공부를 하나도 못 한 거나 다름없는 상황이었어요. 그래도 6월 시험에 대비해 공부했던 게 조금이나마 남아 있었던 듯 무사히 합격!

인간은 타산적이라 성과를 내게 되면 점점 더 본격적으로 해보고 싶은 마음이 드는 법인가 봐요. 전에는 영어 공부라고 하면 일주일에 한 번 학원 공부와 예습 30분이 전부였는데, 지금은 조금이라도 비는 시간이 생기면 열심히 BBC를 듣거나 영어 사이트에 들어가 읽어봐요. 가사 일을 하면서 영어 CD를 듣기도 하고요. 일부러 시간을 만들어서 영어에 더 많이 노출되려 애쓰고 있어요.

오랜만에 집중해서 공부를 해보고 나서의 깨달음! 몰랐던 것을 아는 것, 못하던 것을 할 수 있게 되는 것은 정말 쾌감이 느껴지는 일이네요. 몇 살이 되든 말이에요.

다음 목표는 영어 뉴스나 기사를 어렵지 않게 술술 읽게 되는 것이에요. 목표는 계속됩니다.

지식이 깊어지면 자신감도 쑥쑥

두뇌
이야기

Zontag
=
'한돈'(오전근무)이라는 말의 어원은 네덜란드어
Zontag = 일요일 또는 휴일
변형되어 '돈타쿠'가 되고 반휴일이라는
의미로 '한돈'이 됐다는 설이 있다.

내가 취직한 것은 1988년.
회사는 1, 3주 토요일이 한돈,
2, 4주 토요일이
휴일이었다.

THU FRI SAT
3 4 5
11 12

그런데도 앉아
갈 수 없는
도카이도선.

토요일 아침은
전철도 평일만큼
붐비지 않는다.

그 해방감이
떠올라서인지
지금도
긴자를
걸어다니는
게 좋아.

우와~
내일은
휴일이다!!

해방감

회사가 있던
긴자를
대낮부터
어슬렁
어슬렁
걷는 게
좋았다.

그 후엔 영어에
빠져 있어요!
처음에는 영국이나 미국의 유치원생 수준
지금은…
초등학교 고학년 수준??
얼마 전 의욕을 쭈욱~ 끌어올리는 만남이!!
우쿠레레 연주자 제이크 시마부쿠로 씨를 만났을 때
Hello!
하여간 멋진 웃음
미국인. 물론 영어
두근!!
첫눈에 반했어!!
제이크 씨랑 좀더 이야기할 수 있다면~
영어 열씨~미 해볼 거양~
제이크와 말하기 위해 운명적으로 영어를 시작한 거야!!
뻔뻔스러운 망상!!
몇 살을 먹든 못하던 걸 잘하게 되면 기분이 좋아!!
평생 공부
다음에는 이야기를 좀더 많이 해야지~

I wonder that~
쿨~
쿨~
수면학습법?

Chapter 2

마음케어

001 :
수십 년 만의
피아노

토요일 밤에 재즈가수 아야도 지에 씨 라이브를 보러 갔어요. 5년 만에 직접 듣는 아야도 씨 노래는 여억~시 최고! 그리고 그 선명한 피아노 소리는 아직도 귓전을 떠나지 않는군요.

　그래요, 나, 고등학교 때까지 피아노 치는 소녀였다고요! 처음으로 피아노 앞에 앉은 건 4살 때. 그렇지만 어릴 때는 연습이 너무나 싫었어요. 학원도 어쩔 수 없이 왔다 갔다 하는 정도였어요.

실천가능성 ★★★★☆

그 후 중학교 때는 취주악, 고등학교 때는 록 밴드를 해서 여러 가지 음악을 알고 나니 피아노 치는 게 점점 즐거워졌어요. 하지만 대학 진학으로 단념.

그 후에 피아노는 오로지 듣기만 할 뿐이었죠. 그런데 아야도 씨 라이브를 다녀온 후 다시 피아노를 치고 싶어 견딜 수가 없어졌어요. 그렇지만 피아노는 머나먼 친정집에. 할 수 없이 피아노를 가르치고 있는 친구 집에 예고 없이 쳐들어갔죠. 친구는 당연히 깜짝 놀라면서도 피아노가 있는 방으로 날 안내해줬고요.

피아노 앞에 제대로 앉아 보는 건 수십 년 만. 친구에게 악보를 부탁했죠. 갑자기 과속하면 어려우니까 우선은 초등학교 저학년 때 치던 체르니 100번. 천천히 하나하나 확인하듯 건반을 눌렀더니 그게 마치 스위치이기라도 한 듯 잊고 있던 기억이 한꺼번에 손가락으로 흘러 넘쳤어요. 이 구절, 기억이 나! 부드럽게 치는 거였던가. 손가락은 갑작스런 일인데도 의외로 씩씩하게 쳐내려갔어요. 가끔 틀리게 치는 것 따위는 무시. 어느새 악보가 쑥쑥 넘어가고 있었어요.

초등학교 때는 너무나 지겨웠던 곡들이었는데도, 이렇게 오랜만에 쳐보니 즐거워서 어쩔 줄 모르겠네요. 그 무렵에는 선생님한테 어깨에 너무 힘이 들어간다고 주의를 받았는데, 지금은 자연스레 힘도 빠지네요. 그래요. 그때는 오로지 '틀리지 말고 쳐야지'라는 생각뿐이었어요.

피아노란 게 이렇게 즐거웠다니. 여러 가지 경험을 두루 거친 지금이야말로 가능했던 신기한 재발견이었답니다.

오래 전에 하던 걸 다시 한 번 시도

가을이라
문학 산책

우리집에서 40분 정도 걸리는 곳에 야마구치현에서 유명한 유다온천이라는 곳이 있어요. 12년 전 이사 왔을 무렵에는 몇 번인가 갔습니다만, 최근에는 그냥 스쳐 지나갈 뿐인 곳이죠.

그런데 이 온천가 안에 근대시인인 나카하라 주야 기념관이 있답니다. 슬슬 가을이 가까워오기도 하고 뭔가 새로운 일을 시작해보고 싶어 문학 산책이라도 할 마음으로 여길 가 봤어요. 얼마 전 도쿄에 사는 친구가 여기를 다녀와 절찬했던 것도 떠올랐고요. 또 탄생 100주년 기념으로 하는 특별전 〈고바야시 히데오와 나카하라 주야〉도 둘러보

실천가능성 ★★★★☆

고 싶었거든요.

10년 만이네요. 기념관 앞에 심어진 침목 위를 걸어가 모던한 건물을 바라보면서 '아, 예전에도 이랬었지' 하고 기억을 조금 떠올려 봤습니다.

어렴풋이 생각이 나기는 했지만, 주야에 관한 기억은 거의 떠오르는 게 없었어요. 한번 본 적이 있는 전시인데도 처음 보는 것처럼 신선했어요.

주야가 손으로 쓴 원고를 보면서 그 단정하고 잘 써내려간 글씨에 깜짝 놀랐어요. 또 친구였던 고바야시 히데오와 한 여성을 두고 삼각관계였다는 사실도 처음으로 알게 됐구요. 특별전에는 나카하라 주야와 고바야시, 그리고 다른 사람들하고의 편지나 에피소드가 소개돼 있었어요.

지금까지 나카하라 주야라고 하면 좀 젊어서 생애를 마쳤으며, 그 작품은 죽은 후에 더 인정받은 불행한 시인이라는 이미지가 강했어요. 그렇지만 예술가로서 좀더 강하면서도 다부졌던 일면을 본 것 같은 느낌이 들었어요.

10년 전이었으면 내 나이가 주야가 죽었던 나이와 비슷하다는 사실조차 당시에는 몰랐네요. 데리고 갔던 우리집 꼬맹이들한테 눈을 두느라 그랬던 것 같기도 하고.

기념관을 나오니 숨이 막힐 것 같은 더위가 온몸을 감싸네요. 그렇지만 바람은 가을 내음. 주차장까지 걸으면서 언제나 자동차로 몇 분밖에 안 걸리는 거리도 왠지 평소와는 다른 풍경으로 느껴져요.

이름만 들어봤던 문인에게 한 발 내딛기

세계문화유산
콘서트

'세계문화유산에서 콘서트' 라는 대단한 울림에 이끌려서 라이브 콘서트에 다녀왔어요. 장소는 나라현의 요시노에 있는 금봉산사 장엄당. 아티스트는 내가 좋아하는 어쿠스틱 기타리스트 오시오 고타로 씨.

이곳 요시노는 초행길. 이곳은 가부키 중 〈요시츠네 센본자쿠라〉라는 작품의 무대로도 유명한 곳이에요.

장엄당에 도착할 무렵에는 해가 완전히 기울어져 있었어요. 인왕문을 지나 발 아래를 환하게 밝혀주는 등불 빛을 따라 경내 객석으로 이동. 장왕당 앞에 만들어진 무대 쪽으로는 조명이 비춰지고 있었지만, 그 위의 본당은 어둠 속에 묻혀 있었어요.

그 어둠 속에서 하얀 재킷을 입은 오시오 씨가 나타나고 드디어 라이브가 시작됐죠. 그렇지만 뭔가 평소와는 분위기가 달랐어요. 뭐랄까 장엄한데다가 공기조차 고요하고 맑은 느낌이랄까. 그 안에서 어쿠스틱 기타 소리가 기분 좋게 녹아들었어요. 듣고 있는 동안 목이랑 어깨에서 힘이 빠져 나가는 걸 느꼈어요.

라이브는 라베르의 볼레로 연주에서 절정에 이르렀고, 끝나자 우렁찬 박수소리가 그칠 줄을 몰랐어요.

다음날 참배하러 다시 장왕당을 찾았죠. 어제는 어두워서 잘 몰랐는데, 아침에 보니 어마어마한 건물 크기에 깜짝 놀라지 않을 수 없

었어요. 이 거대한 사원은 소실되었다가 재건되기를 반복해 1592년에 세워진 건물이지요.

안에는 석가여래, 천수천안관음보살 등 3체의 불상이 안치되어 있어요. 악마를 물리치기라도 할 듯 아주 무서운 형상을 하고 있었는데요. 이 분들도 어젯밤 오시오 씨 기타 연주를 들었을 거라 생각하니 어쩐지 친근감마저 드네요.

400년 이상 여기서 사람들의 생활을 지켜봐온 그 장대하고 우아한 대사원 안에 앉아 있으니 등줄기가 쭈욱 펴지는 것 같았답니다. 이걸 만든 인간의 위대함에 다시 한 번 놀랐고요. 어쩐지 힘이 불끈불끈. 그리고 이런 풍경을 이대로 후세에도 남기고 싶은 생각이 마음 속 깊은 곳에서부터 솟아올랐어요.

색다른 환경에서 좋아하는 음악에 몸 맡기기

004 :
모양새부터 갖추니
효율 업

어느 날 남편이 새로운 골프채를 품에 안고서 기쁜 얼굴로 돌아왔어요. 남편의 골프 경력은 꽤 긴 편인데, 처음 시작할 때부터 우선 골프채와 골프웨어를 모두 갖췄었답니다.

　뭔가를 시작할 때의 사람은 두 가지로 나눌 수 있어요. 우선 장비부터 완벽하게 갖추고 들어가는 타입, 반대로 처음에는 싼 것으로 이것저것 꿰어 맞춰 시작한 뒤 형편을 봐가면서 좋은 것으로 바꾸는 타

실천가능성 ★★★☆☆

입. 남편은 전자, 나는 후자에 속해요.

나는 처음 시작할 때부터 "에라~ 모르겠다" 하면서 상당한 돈을 들여 장비를 갖출 용기가 없어요. 그런데도 요즘에는 모양새부터 들어가는 것도 상당히 효과가 있겠다는 생각이 드네요.

요즘 필라테스 스튜디오에 다니고 있는데요. 몇 년째 다니고 있는 사람들은 손발의 움직임이나 자세를 확인하기 쉽도록 피트니스 전용의 딱 달라붙는 옷(나름 가격이 비싸다)을 주로 입어요. 그에 비해 초심자는 보통 티셔츠에 운동복을 입는 사람이 많아요. 몸의 곡선을 숨기기 쉽기 때문이죠.

그런데 잘 살펴보면 처음부터 딱 달라붙는 옷을 입는 사람 쪽이 몸의 변화가 빠르게 나타나는 걸 알 수 있어요. 아니면 성과를 눈으로 확인하기 쉽다고나 할까. 그러면 점점 더 노력하게 되고, 그 결과 성과가 좀더 나오고, 또 계속 열심히 하게 되는 선순환 구조인 셈이죠.

확실히 처음에는 부끄럽지만 자기가 신경 쓰이는 곳, 예를 들어 배 주변 같은 곳을 항상 의식할 수 있어요. 또 원하는 몸매를 이미지 하기도 쉬워요. 말하자면 모양새부터 갖춰져 정말 그렇게 되고 마는 것. 그러면 노력도 그리 괴롭지 않겠죠.

내 경우에는 존경하는 만화가인 이노우에 다케히코 씨와 똑같은 필기구를 쓰고 있어요. 비싼 건 아니지만 어쩐지 그림이 더 잘 그려지는 것 같거든요.

처음부터 뭔가에 투자하는 것은 "이제 못 그만둬. 반드시 본전을 빼야겠어!"라는 동기부여가 되기도 하니 좋지 않을까요?

모양새부터 갖추면 실력 향상도 가속도

005 :
시간
다이어트

어쩐지 일이 마음먹은 대로 진행되지 않으면 안절부절 휴~, 그럴 때
면 저는 빨래나 식사 준비 같은 집안일할 의욕마저 싸~악 사라져버
린답니다. 어떻게든 시간을 내 편으로 만들고 싶다고요~오~.

그럴 때 떠오른 생각이 "먹은 걸 그대로 전부 노트에 적었더니
살이 빠진다"는 필기 다이어트법. 맞아! 이걸 일에 적용해보는 거

실천가능성 ★★★★☆

야. 일한 내용을 전부 적어 내 시간 사용법을 다시 한 번 짚어 보는
거지!

　내 스케줄장은 하루하루 넘기는 거니까, 이걸 이용하기로 했어요.
우선 그날 해야 할 일을 그날 페이지 윗부분에 적습니다. 이것을 책
상 한쪽에 펼쳐 두고 책상에 앉은 게 몇 시이고, 무슨 일을 했는지를
아주 세세하게 적는 거지요. 그것도 화장실 갈 때나 전화가 와서 일
이 중단될 때마다.

　가령 8시 반에 책상 앞에 앉아서 9시까지 이메일, 우편물 정리 등
사무업무. 10시까지 원고 초고 쓰기. 거기서 택배가 왔으니까 기록.
다시 돌아와서 그 시간을 적고, 점심식사 때까지 쭈욱~ 일.

　그런데 일주일 동안 계속 적어보니 여러 가지 새로운 걸 발견, 대
발견!

　우선 생각했던 것보다 시간이 오래 걸린 일이 많았어요. 이런 식
으로라면 내 생각대로 일이 진행되기 어려운 거지요.

　또 내가 집중해 일할 수 있는 시간이 90분 전후라는 것도 새로운
발견. 학교 방식을 채용하기로 했어요. 90분 내에 일을 하나씩 끝내
고, 그 사이사이에는 꼭 5분 정도씩 휴식하기로 했답니다. 그랬더니
일의 완급조절이 확실히 되어 훨씬 더 집중할 수 있었답니다.

　기록을 해보니 자신을 객관적으로 볼 수 있었어요. 빼고 싶은 건
몸의 지방뿐이 아니잖아요. 불필요한 시간을 팍팍 줄이는 데 완전 소
중한 게 바로 이 시간 다이어트였답니다.

기록해놓고 보니 틈새 시간이 이렇게나 많이

006 :
불 끄고
목욕중

나는 목욕하는 걸 무척 좋아해요. 좋은 일도 나쁜 일도 말끔하게 씻겨나가는 것 같아서예요. 목욕 중에 마사지를 한다든지 평소 안 하던 여러 가지를 시도해보고 있어요.

이번에 해보고 싶은 것은 '불 끄고 욕조에 들어가기'. 친구가 권해 준 일이에요. 그러고 보니 서너 번 깜깜한 데서 욕조에 몸을 담근 적이 있었네요.

태풍으로 정전이 됐을 때나 욕실 전구가 나갔는데 사는 걸 깜빡했

을 때. 그럴 때는 "어쩔 수 없으니 최대한 간단하게 끝내고 얼른 나와야지"라는 마음밖에 없어서 제대로 즐길 여유가 없었어요.

자, 목욕탕으로. 매일 욕조에서 먹는 요구르트도 준비하는 건 당연!! 목욕탕의 전기불도 껐지요. '욕실 안은 완전 깜깜하구나' 하고 감탄하는데, 눈앞의 욕조 컨트롤 패널에서 은은한 불빛이. 문명사회에서 살아가는 한 완전한 칠흑 어둠은 없나봅니다.

우선 샤워를 합니다. 신기하게도 확실히 안 보이는데도 샤워꼭지 위치를 몸으로 외우고 있었네요.

욕조에 몸을 담그니 컨트롤 패널이 희미하게 반짝이고, 그 불빛이 욕조 물을 비쳐 흔들흔들. 이건 완전히 밤늦게 호수에 배를 띄우고 호수 물에 어린 달빛을 바라보는 것 같아요. 설마 집 안 욕실에서 이렇게 환상적인 풍경을 볼 수 있을 줄이야! 그렇지만 호수와 달리 몸 속 깊숙한 데까지 따스해져요.

욕조에서 나와서 머리를 감으려고 하는데, 샴푸랑 린스 통 구별이 안 되네요. 같은 모양의 통에 들어 있으니까요. 어쩔 수 없이 뚜껑을 열어 냄새를 맡아 봅니다. 이렇게 진지하게 샴푸 냄새를 맡아본 것도 처음이었네요.

다시 한 번 욕조에 몸을 담글 무렵에는 이미 어둠에 눈이 익숙해져서 욕실 안 구조를 구분해낼 수 있을 정도가 됐네요. 그래도 평소 보던 것과는 완전히 다른 공간. 비일상의 신기한 공간.

나가고 싶지 않아~.

평소보다 좀더 오래 욕조에 몸을 담갔습니다.

몸도 따끈따끈, 로맨틱한 기분

007 :
우렁차게
"안녕하세요!"

얼마 전에 동네 분리수거 당번이었어요. 아침 7시부터 8시 반까지 쓰레기 분리수거가 제대로 됐는지를 확인하는 일이지요. 자치회 전 세대에게 당번이 돌아오는데 여기로 이사 와서 세 번째예요.

추운 날이었어요. 따끈따끈 일회용 핫팩을 몸에 하나 붙이고 신발에도 하나 넣었어요. 물론 옷도 몇 겹을 껴입었으며, 마스크, 털모자에 장갑까지 완벽한 옷차림으로 분리수거장으로 전진. 태양이 막 떠올라 푸르스름한 동쪽 하늘이 오렌지 빛으로 물들어 아름다웠어요.

이날 4명이 함께 당번을 섰는데, 이 일은 여러 사람들을 볼 수 있어서 참 즐거워요. 학교 가는 길에 쓰레기봉투를 가져온 초등학생, 자동차로 회사에 가던 중 호떡집에 불난 듯 바쁘게 버리러 오는 어느 집 남편, 개를 데리고 산책하러 나가다

들르는 사람. 모두들 "안녕하세요?"라고 인사하네요. 수많은 사람들과 인사하는 건 참 기분 좋은 일이에요.

지난 번 당번 때 인상적인 고등학생이 한 명 있었어요. 그 남학생은 한 손에 쓰레기봉투를 든 채, 자전거를 타고 왔어요. 그리고 지나가면서 자전거 속도를 줄이지도 않고 말없이 쓰레기장을 향해 쓰레기봉투를 던지는 게 아니겠어요. 그리고 그대로 사라져 버렸어요. 빡빡 깎은 머리에 자전거 뒷자리에는 야구장비를 넣은 가방이 놓여 있었지요.

괘씸해! 야구부라면 인사가 기본 아냐! "안녕하세요?"라는 인사 한마디도 못한단 말이야!

다른 당번에게 그 이야기를 했더니 그 아이는 항상 그렇다고 하네요.

그런데 오늘도 올까? 어제 아무 말도 못 했었기 때문에 오늘은 나부터 큰 소리로 인사해야지 생각하니 괜히 가슴이 벌렁벌렁. 그런데 그 아이는 아직 오지 않았는데 벌써 종료 시간인 8시 반. "감기라도 걸렸나?" 하며 다른 당번들도 궁금해 했어요.

와서 또 그러면 괘씸하다 싶었는데, 안 오니까 왠지 서운해졌어요. 다음에 만나면 내가 먼저 큰 소리로 인사해서 놀라게 해줘야지. 어쩐지 즐거운 기분으로 집으로 돌아왔어요.

기운 찬 인사는 무조건 기분 좋아

008:
드라마로
단란한 **분위기**

좀처럼 책상 앞에 앉으려고 하지 않는 중학교 1학년 아들. 그런 아들에게 속을 끓이던 가정교사가 한 텔레비전 드라마 DVD 제1화를 가져왔어요. 이야기는 대학수험과는 전혀 인연이 닿지 않을 것 같은 날라리 고등학생들이 도쿄대학을 지망한다는 내용. 공부를 제쳐두고 가족이 다같이 감상했어요. 하지만 부모의 기대와는 달리 아들이 갑자기 책상 앞에 앉는 그런 기적은 일어나지 않았어요.

그 다음 내용이 궁금해서 다음 편을 빌려 왔어요. 그런데 흥미가 없는지 아무도 보려고 하지를 않더라구요. 할 수 없이 반납일 저녁에 나 혼자 보고 있는데 가족들이 한 명 두 명 보러 왔어요. 그런데 이 드라마가 제2화부터 점점 흥미진진해지는 거예요. 본격적으로 왜 공부해야만 하는지, 어떻게 공부하면 좋을지를 말하기 시작했어요. 게다가 빠른 템포로 전개되어 올해 수험생인 딸을 포함해 가족 네 명이서 단번에 푹 빠지고 말았어요.

다음 편을 보고 싶은데… 벌써 저녁 먹을 시간인데 아무런 준비도 하지 않았군! 놀랍게도 누가 이건 이렇게 하고 저건 저렇게 하라고 지시한 것도 아닌데, 가족 전원이 다같이 준비하는 데 의견 일치.

한 사람이 쌀을 씻고, 한 사람은 채소를 다듬고, 한 사람은 목욕 준비. 네 명 중 누구 한 사람도 놀지 않고 제각각의 일에 집중하네요. 오직 '빨리 그 다음 편을 보고 싶다' 는 일념으로. 그리고 평소에는 생각도 못할 재빠른 속도로 준비가 완료됐어요. 가족 전원이 식탁 앞에 앉아 드라마 감상 재개.

예전에 우리 가족이 이렇게 단란했던 적이 있었던가? 최근에는 아이들이 자라면서 각자의 취향이 확고해져 버려서 가족 전원이 영화를 보러 가는 일도 줄었어요. 평소에 일이나 학원 수업도 있곤 해서 저녁밥도 제각각 먹는 일이 많았거든요.

그런데 오늘은 오랜만에 가족이 같은 걸 보고, 감동을 함께 나누었어요. 서로의 거리감이 조금은 좁혀진 것 같고 이야기도 탄력을 받네요. '이걸 다 본 다음에는 열공(열심히 공부) 모드에 들어가줬으면' 하는 소망을 품으면서도 이런 의외의 소득이 괜히 행운처럼 느껴지네요.

목적이 같으면, 같은 기분이 된다. 싫든 좋든

009 :
손글씨의
힘

내 글씨는 "그림 같다"는
소리를 자주 들어요.
아들이 초등학생 때

딸이 다니는 서도교실에서 전람회가 있었어요. 별로 큰 교실은 아니지만, 멋진 글씨들이 빼곡히 전시돼 있었어요.

학생들은 유아에서 성인까지 폭넓어 전시되어 있는 글씨도 제각각. 이제 막 글자를 배워 쓴 듯한 귀여운 것에서부터 너무 멋지게 흘

실천가능성 ★★★★☆

려 써서 뭐라고 썼는지 알아보기 어려운 것까지.

전시회장을 둘러보다 보니 왠지 몸이 포근해져 왔어요. 그 원인은 글씨?! 글쎄, 손으로 직접 쓴 글씨에는 대단한 힘이 있어요. 잘 쓰든지 못 쓰든지 상관없이 쓴 사람의 마음이 듬뿍 담겨 있기 때문일까요.

그러고 보니 최근에는 편지를 쓸 기회가 거의 없어져 버렸어요. 사람들하고의 연락은 주로 이메일. 얼마 전 평소 이메일을 보내던 친구의 친필을 처음으로 보고 "이런 글씨를 쓰는구나!" 싶어 엄청 신선한 감동을 느꼈어요! 그리고 그 글씨가 멋있으면 틀림없이 상대에 대한 평가도 올라가겠지요. 더욱 놀라웠던 건 오래 사귀었는데도 손글씨를 본 적이 없었다는 사실이에요.

학생시절에는 친구들과 자주 편지를 주고받아서 글씨만 봐도 금세 그 사람의 얼굴이 떠올랐어요. 읽다 보면 친구가 그냥 나한테 말을 걸어오는 것 같은 기분이 되죠.

또 짝사랑하던 남자 아이의 글씨를 처음 봤을 때도 두근두근. 그 아이 마음속을 조금 엿보고 싶었기 때문이었나 봐요.

손글씨에는 내용은 물론, 쓴 사람의 마음도 담겨 있어요. "감사합니다"라는 말도 이메일보다는 손글씨로 쓰는 게 훨씬 마음이 잘 전달되지요.

최근에는 무조건 손글씨 실행! 빌린 물건을 돌려 줄 때는 종이에 한마디 "고맙습니다", 업무 서류에도 "신세가 많았습니다"라고 적어요. 받은 사람 기분이 조금이라도 넉넉해지면 좋겠다는 마음을 전할 수 있도록 말이죠. 손글씨의 힘을 믿으니까요.

손글씨도 메시지 전달에 한몫

010 :
아이의 졸업장,
성장증명서

어느 맑은 날 딸아이 중학교 졸업식이 있었어요.

공립고등학교 합격 발표는 아직 멀었지만, 입시 일정은 이미 전부 끝나서 아이들은 벌써 해방감으로 들떠 있는 분위기에요.

올해 졸업생은 모두 여섯 학급. 학생 수가 많아서 졸업식에서는 대표자 한 명이 교장선생님께 졸업증을 받고, 나머지 학생들은 식이 끝난 후 각 반 담임선생님께 받는 식이지요.

실천가능성 ★★☆☆☆

식이 끝나고 교실로 돌아오니 칠판에 후배들이 써준 축하의 말과 화려한 장식이 아이들을 맞아주었어요.

선생님이 이름을 부르고, 학생들은 졸업증을 받은 후 급우들에게 한마디씩 하는 자리가 이어졌어요. 감정이 북받쳐 우는 아이들도 여기저기 눈에 띠네요. 선생님을 자주 곤란하게 했던 한 남자아이 차례. 무슨 말을 할지 유심히 봤더니, 눈물만 뚝뚝 떨어뜨릴 뿐 통곡하느라 말을 채 잇지 못했어요. 그 외에 평소 좀 거칠었던 남자아이들도 울더군요.

문득 내 중학시절을 떠올려 봤어요. 늘 친구들과 함께 행동하려하고, 여러 가지에 의문을 가지고 어른들에게 반발하기만 했지요. 그 3년간의 경험은 오늘날 나의 밑거름이 되어주고 있죠. 이 사내아이들도 3년간 여러 가지 갈등이 있었겠지요.

드디어 딸 차례. 집에서만 큰소리치는 우리 딸, 입학 때는 친구가 생길지 정말 걱정이었어요. 그래도 지금은 사람들 앞에서 당당하게 자기 기분을 말하네요. 3년 전 딸을 생각하면 상상할 수도 없는 일이에요.

그 중학생활에서 딸도 그리고 다른 아이들도 엄청나게 성장했구나 실감했어요. 그리고 나 자신을 되돌아봅니다. 이 3년간 나의 어떤 부분이 성장했을까? 어른도 입학식과 졸업식이 있으면 좋을 텐데.

이제 새로운 세계로 나아가는 아이들을 진심으로 응원합니다.

어른도 성장을 잴 수 있는 잣대가 필요해

011 :
역경이야말로
기회

얼마 전 준비하던 기획이 그만 수포로 돌아가고 말았어요. 은근히 열성적으로 준비했고, 완성도 면에서도 자신이 있어서 이 기획을 여러 가지로 좀더 발전시켜 보고 싶었어요. 그런데 그럴 수 없게 되었으니 당연히 실망도 엄청 컸어요.

나는 무언가를 실천에 옮기기 전에 여러 가지로 상상해보는 타입이에요. 그러고 보면 대학 수험 때도 국립대학에 지원하기 전에 여러 가지로 캠퍼스 라이프(당시의 낡은 표현)를 생각해봤어요. 스케이트보드를 사서 넓은 캠퍼스를 멋지게 돌아다녀 보면 어떨까 하는 생각들을 말이죠. 그렇지만 결과는 불합격. 꿈에 그리던 스케이트보드 생활은 물거품처럼 사라져버렸어요. 그 후에도 스케이트보드를 탈 기회는 전혀 없었어요.

그래도 실제로 들어간 대학 생활은 너무 재미있었어요. 인생을 좌우할 만남(남편)도 있었구요. 이렇게 돌이켜 보면 내 생각대로 되지 않을 때일수록 오히려 또 다른 기회가 숨어 있는 것 같아요.

2004년에 『여자를 바꾸는 5분 혁명』이라는 책을 내기까지 고민하고 고민해 만든 기획은 모조리 거절당했어요. 그 책이 햇볕을 보는데 세월이 몇 년이나 흘러야 했던지. 절망적인 마음이 들 때도 몇 번이나 있었지요. 그렇지만 그때 알게 된 사람들은 지금도 날 도와주

고, 함께 일하고 있어요. 쓸데없는 일이란 없다는 생각이 들어요.

그래서 이번 일이 잘 되지 않은 것도 신이 그 빈 공간에 뭔가 다른 걸 채워 넣을 수 있도록 기회를 준 것이라 여기기로 했어요. 여러 가지 상상을 한 것도 그대로 묵혀두면 아까우니까 뭔가 다른 형태로 실현하기로 마음 먹었어요. 새로운 사람과의 만남도 있었고 말이죠.

새로운 목표가 생겼으니까 여러 가지 정보를 얻기 위해 안테나를 세워보려고 합니다.

3월부터 새로운 환경에 적응해야 하는 사람은 많이 있을 거예요. 그중에는 자신이 바라던 학교나 직장이 아닌 경우도 분명 있을 거예요. 그래도 그렇기 때문에 바로 거기에 뭔가 더 큰 기회가 있을지도 몰라요. 기대감에 설레는 봄이네요.

역경 뒤에는 기회가 있기 마련

012:
매일매일
새로운 날

지금은 일러스트레이터로 일하고 있지만, 대학교에선 공학부 건축과를 전공했어요. 그것도 4학년 때 들어간 연구실은 구조설계. 이와 연관되어 콘크리트 바닥 시험체를 만들고 부수는 실험을 했지요.

그때 가르침을 받았던 교수님이 정년퇴임을 하셔서 기념강연 파티가 있었답니다. 선생님은 내가 졸업하고 건축계에 뛰어들었을 때에도 여러 가지로 마음을 써주셨지요.

그렇다고는 해도 건축계에서 멀어진 지 어언 20년. 이젠 구조설계에 관한 이야기는 들어도 잘 모를 것 같아서 저는 접수 담당을 돕기로 했어요. 몇 년 만에 만나는 동기생과 OB선배님들하고 이야기 꽃을 피웠지요. 손님도 정말 많았어요. 자리가 없어서 서서 보는 분들도 있었을 정도였으니까요.

OB선배님은 "선생님 말씀은 정말 알기 쉽고 재미있다니까. 〈구조역학〉 같은 어려운 이야기를 세상 돌아가는 이야기처럼 쉽게 해버리시니까"라며 감탄하더라구요.

그러고 보면 내가 졸업논문을 쓸 무렵에 "간단한 것을 어렵게 이야기하는 것은 누구나 할 수 있지. 어려운 것을 쉽고 간단하게 이야기할 수 있도록"이라는 조언을 자주 해주셨답니다.

어라! 이 말은 평소 내가 일할 때의 신조! 어려운 이야기를 일러스트레이션과 문장으로 알기 쉽게 풀어낸다는 것. 그러고 보니 내 신념의 뿌리를 만들어준 게 바로 선생님 말씀이었네요. 이제라도 깨달아서 다행이에요. 퇴직하기 전에 선생님에게 다시 한 번 감사의 말씀을 드릴 수 있었으니까요.

비단 선생님뿐만 아니라, 나도 모르는 사이에 여러 사람들의 말에 영향을 받고 있지요. 그게 조금씩 쌓여서 지금의 나로 바뀌어 온 것 같아요.

자신만 의식한다면 어제와 같은 날은 결코 없을 것이고, 매일매일이 '어제와는 다른 날'이 될 겁니다.

내 기분에 따라 달라지는 내일

뒷
이야기

어둠 속에서
샴푸 냄새를 맡아
분별했지만

킁
킁

우리집
샴푸(뒷면)

이것!

샴푸통을
만져 보면 알 수
있는 사실!!

일본
공업규격에
따라 써 있다는
이메일을
몇 통인가
받았습니다.

※ 일본공업규격(JIS)의 고령자, 장애인 등을
배려한 설계지침에는 같은 브랜드에 크기가
같은 샴푸와 린스 통의 측면에 올록볼록하
게 표시함으로써 눈으로 확인하지 않고도
손끝으로 어느 쪽이 샴푸인지 판별할 수 있
도록 배려하고 있다.

세상에는 내가 미처 알지
못하더라도 자상하게 마음 쓴
디자인이 많이 있군.

처음에 만진
샴푸에만

린스에는
없다.

한국에도
이런 제품이
몇 개
있다네요.

그런데
피아노
이야기의
다음편

텔레비전에서
재즈피아노
입문 방송을
보는데

고쿠부
히로코 씨

불끈불끈

결단!!
역시 피아노 치고 싶다애!!
이런 연유로 운 좋게 중고 피아노를 발견해 구입!
고등학교 때 이후 처음
깨달아서 다행이다~
재 발견!!
피아노가 이렇게 즐거웠다니
음악은 마음을 부드럽게 해준다.
MUSIC
새로운 문

베토벤의
피아노 소나타
비창

비
창

둥둥당
어머나
왜이래
둥둥당
땅둥

몸케어

001 :

봄
단장

따사로운 봄 햇살이 좋은 날이에요. 여러 화장품 회사들은 봄 색깔의 신상품들을 라인업하느라 분주하네요. 이번 기회에 메이크업을 바꿔볼까나~.

　화장은 기분을 바꾸는 데 도움이 많이 돼요. 집에 틀어박혀 혼자 그림 작업을 할 때는 쌩얼인들 어떻겠어요. 그렇지만 그렇게 풀어져 있다 보면 어쩐지 하루가 흐지부지 지나가는 듯한 기분도 들고 긴장 감도 없어지는 것 같아요. 그럴 때 화장을 하고 나면 어쩐지 허리가

실천가능성 ★★★☆☆

쪽 펴져요.

그런데 요즘 나는 계속 똑같은 색으로만 화장하고 있었네요. 마지막으로 새로운 아이섀도를 산 게 언제였는지 기억도 나지 않아요. 화장대 위에도 얼추 비슷비슷한 립스틱들뿐이네요.

그래서 헤어디자이너인 친구 요시노 씨에게 여러 가지 조언을 받았습니다. 아이섀도, 볼터치, 립스틱, 네일아트까지 전부 올해 유행이라는 핑크로 통일해봤어요. 펄이나 래미네이트를 넣어 기품 있는 광택감을 내는 게 좋다고 하네요. 실제로 메이크업 방법도 간단하게 알려주었어요.

우선 눈두덩이 전체에 옅은 핑크 아이섀도를 바르고, 속눈썹 위에 진한 핑크를 펼쳐가며 겹쳐 발라요. 아이라인은 검정색이 아니라 브라운이나 레드브라운 같은 색으로 그려보아요. 그리고 속눈썹 위에 펄이나 래미네이트가 함유된 아이섀도를 한 번 더 겹쳐 바릅니다. 볼터치는 얼굴 가운데 쪽으로 좀 크게 둥글리구요.

립스틱은 투명감이 있는 핑크를 골라 한꺼번에 인터넷으로 주문했더니 며칠 후 새로운 색상이 도착했어요! 얼른 요시노 씨가 말한 대로 해보았어요. 그랬더니 최근 피로기미로 눈 밑이 거무튀튀했었는데, 이게 웬일이에요. 얼굴이 활짝 피고 밝아지는 거예요. 립스틱하고 립글로스까지 그 위에 바르니 한결 화사한 느낌. 대단해! 역시 화장은 여자의 특권이야. 어쩐지 가슴이 콩콩 뛰네요.

뭔가 새로운 것에 도전할 수 있을 것 같은 그런 기분이에요.

생동감은 표정에서부터

002 :
예쁘게
걷기

얼마 전 워킹 레슨을 받았어요. 그렇다고 해서 모델같이 걷는 법을 배우는 건 아니구요. 보통 사람이 평소에 예쁘게 걸을 수 있도록 도와주는 레슨이에요. 선생님은 친구이기도 한 자세 스타일리스트 기미코 씨.

이번이 세 번째 레슨인데, 처음 레슨을 받았을 때는 그야말로 감동의 도가니였답니다. "이동하는 것만이 목적인 '걷기' 가 조금만 의식해도 이렇게 예쁘고 건강하게 변한다!"

예쁘게 걷는 연습은
그러려고
마음만 먹으면
언제 어디서든 가능해

오랜만에 만난 기미코 씨. 키가 164cm인 나보다 좀더 크고 날씬해요. 나이가 조금 언니인데도 걷는 모습은 물론 서 있는 자세, 손 움직임까지 너무나 예뻤어요!!

머리 꼭대기에서 손가락 발가락 끝까지 자연스레 의식하게 되니까요. 서서 하는 행동이 모두 다 정말 아름답네요. 있다는 존재감만으로 그 자리가 환하게 밝아지는 느낌이라니까요. 나도 정말 그렇게 되고 싶어요.

그럼 레슨 개시~. 발뒤꿈치, 무릎을 딱 붙이고 골반을 올리며 엉덩이에 힘을 주세요. 머리는 약간 뒤쪽으로 해서 마치 대각선방향으로 매달려 있는 듯이 쭉 펴고 섭니다. 이때 어깨 힘을 빼고 목은 길게 빼세요. 걸을 때는 허리부터 똑바로 앞으로, 뒷다리는 바닥을 힘 있게 밟으며 무릎을 길게 뻗고…

단지 걷는 것 뿐인데도 신경을 잔뜩 쓰이는 건 물론 몸을 평소보다 많이 사용하게 되지요. 그렇지만 머리끝에서부터 발끝까지 바람이 휭~하고 지나간 듯 기분이 상쾌! 예쁘게 걷는 것은 건강에도 좋다는 말에 절로 고개가 끄덕여지네요.

이상하게도 앞을 똑바로 보고 어깨 힘을 뺀 채, 등줄기를 뚝 펴고 걸으면 나도 모르게 신이 나서 걷게 돼요.

그날은 예쁘게 걸을 수 있다는 게 기뻐서 가족들이 다 잠든 뒤 그냥 집 안을 빙글빙글 걸어다녔다니까요.

제대로 된 지식과 의식만 있다면 일상생활을 하면서 동작도 멋지게 바꿔갈 수 있네요. 흠~, 내일 쓰레기 버리러 갈 때 멋지게 걸어 봐야지.

좋은 자세는 건강에도 좋아

003 :
네일아트, 내 손으로
폼나게

몸의 끝부분인 손가락과 발가락까지 멋내는 사람에게 정말 후한 점수를 주고 싶어요. 거꾸로 외모나 헤어스타일이 아무리 예뻐도 매니큐어가 지저분하게 벗겨진 사람을 보면 어쩐지 한 발 뒤로 물러서게 되요.

그런데 요즘 나는 바쁘다는 핑계로 손가락 발가락이 엉망진창. 매니큐어를 바르지 않으니 매니큐어가 벗겨질 일도 없을 정도예요. 그런 마음에 일침을 가해야지 싶어 처음으로 네일 살롱의 문을 두드렸답니다.

거기서 전문가에게 손가락에 부담이 가지 않으면서 네일아트를 오래 유지할 수 있는 방법 몇 가지를 배웠어요. 우선 손가락 끝을 따뜻하게 유지해야 해요. 손톱은 손톱깎이로 깎는 게 아니라, 손톱 가는 도구인 파일을 사용하구요. 아무 준비 없이 매니큐어만 바르는 게 아니라, 베이스코트와 탑코트 사용도 중요하구요. 확실히 전문가가 발라준 매니큐어는 일주일 가까이 예쁜 모습을 그대로 유지했어요. 아무런 준비 없이 매니큐어만 칠해버리는 내 방식은 길어도 3일이었는데 말이죠.

바로 네일아트 장비 구입. 매니큐어 색은 핑크. 전에 한번은 진한 빨강을 바른 적이 있었는데, 볼 때마다 나도 모르게 "내출혈이야!"라며 깜짝 놀라곤 해서 그만두었던 기억이 있어요.

우선 파일로 손톱을 정리해요. 그리고 핸드크림을 바르며 손톱과 손가락의 튀어나온 부분을 꾹꾹 누르며 마사지해요. 간단한 동작이지만 이게 의외로 효과가 좋아요. 손끝에는 신경이 집중되어 있으니 여길 자극하면 마음이 편안해져요.

손톱을 정리하고 드디어 베이스코트. 그런 다음 손톱이 다른 데 닿지 않도록 컴퓨터 작업을 하면서 마르기를 기다리지요. 마르면 매니큐어를 두 번 더 바르고, 손톱 끝에 반짝이를 바르지요. 마지막에 탑코트. 우와~, 손톱 끝 반짝이가 우아하게 빛나네요. 내 솜씨로도 멋지게 완성. 자연히 손놀림에도 괜히 의식하게 되네요.

그런데 다 말랐다 싶어서 세탁물 속에 손을 푹 집어넣었더니, 헉! 아직 마르지 않았는지 애써 몇 번이나 바른 게 한순간에 훌렁 벗겨지고 말았네요.

음~, 성격 급한 나! 앞으로는 손을 키보드 위에 좀더 오래 올려놓고 마르기를 참고 기다려야겠어요.

손끝까지 마음을 쓰자

004 :
더울수록 **화장**으로
생기 있게

중학생인 우리집 아이 두 명이 지금은 여름방학중이에요.

가족 중 절반이 휴식 모드에 돌입하니 어쩐지 집 전체가 느릿느릿한 분위기가 돼 버렸어요. 항상 집에 있는 나는 덩달아 그런 분위기에 휩쓸리고 말아요. 게다가 이 무더위.

이 기회에 나도 '아이들과 함께 여름휴가' 라도 선언하고 싶지만, 애석하게도 일은 날 안 기다려주네요. 어떻게든 기분을 바꾸려고 방법을 찾다 보니 자연스럽게 거울 속 내 모습에 눈이…

나는 원래 잘 때 잠옷을 입지 않는 편이에요. 오래 전부터 입던 댄스용 바지에 낡아버린 티셔츠가 잠옷 대신이에요. 아침에 일어나 이 모습 그대로 남편을 배웅하고, 그대로 책상에 앉아 점심 때까지 일할 때도 많아요.

이거야, 원! 우선 겉모습을 바꿔야 해!!! 아침에 일어나면 옷부터 갈아입는 거지. 그리고 자는 사이 엉클어진 머리 모양을 깔끔하게 정리해야겠어. 그 후 집안일이 웬만큼 끝나면 본격적인 작업에 들어가기 전에 화장하기. 이런 식으로 순서를 정했어요.

그런데 요즘은 아침에 조금만 움직여도 땀으로 흠뻑 젖고 마네요. 화장할 무렵에는 이미 얼굴은 엉망이고, 다시 세수하고 화장품 바르는 건 너무 귀찮아요. 어쩐지 화장 안 해도 괜찮잖아 하는 마음이 고개를 쑤욱 내미네요. 그렇지만 맨얼굴로 일하면 어쩐지 긴장감이 없어져요.

이런 연유로 아침에 일어나 아직 시원할 때 화장부터 하기로 했습니다.

그랬더니 이게 웬일이에요. 거울 속 내 모습을 보고 있으니 이것저것 준비해야 할 일들이 자꾸 떠오르는 거예요. 이걸로 확신! 화장은 '가정주부 나'에서 '일러스트레이터 나'로 바꾸는 스위치구나! 집안일도 맨얼굴로 일할 때보다는 색깔을 칠한 덕인지 쑥쑥 잘 해내네요. 뇌는 내 겉모습을 보고 상황을 판단해 나를 일하는 모드로 바꿔주나 봐요.

도저히 일할 의욕이 생기지 않을 때는 거울 앞에서 화장을 고치는 것도 좋은 방법이 될 거예요. 남자라면 면도를 하고 머리 모양을 바로 잡아 보고 말이죠!

화장으로 일하고픈 마음에 스위치 온

005 :
영국행
걸즈 **투어**

중학교 3학년인 딸아이의 여름방학을 이용해 영국에 다녀왔어요. 목적은 우리를 가르치는 영어회화 선생님이 고향에서 올리는 결혼식에 참석하기 위해서였죠.

이번 여행을 결심하기까지 정말 많이 주저했어요. 딸은 수험생인데다 중학교 1학년인 아들은 야구가 우선이라며 집을 지키겠다고 고집을 부렸기 때문이에요. 결국 아들은 남편과 집에 남기로 하고 딸과 둘만 떠나기로 결정했죠. 나 혼자, 게다가 오직 내 영어실력만으로 모든 걸 준비하지 않으면 안 된다는 것은 커다란 불안 요인이었어요. 그래도 딸이 "가고 싶어", 남편이 "다녀오지"라며 어깨를 토닥여 주어서 '에라 모르겠다'고 결심했어요. 걸즈(!?) 투어가 된 셈이죠.

선생님 결혼식은 잉글랜드 남부 웨스톤수퍼메어라는 마을 근처의 농장으로 둘러싸인 아담한 호텔을 통째로 빌려서 했어요.

결혼식 당일 날씨가 정말 맑았어요. 온통 파란 하늘 아래 순백의 웨딩드레스를 입은 선생님이 얼마나 아름답던지! 밖에서 결혼식을 마치고 호텔 안에서 식사했어요. 그리고 저녁은 댄스파티였죠. 결혼식은 거의 반나절 정도 걸렸는데, 그 사이 참가자들은 정원을 산책하거나(양들이 그 주변을 어슬렁거렸답니다!) 차나 술을 마시며 편안하게 대화를 즐겼어요. 일본에서 지내는 시간과는 달리 정말 천천히.

결혼식 다음날부터는 차를 빌려 딸이랑 둘이서 이틀에 걸쳐 작은 마을이 많은 고츠월즈라는 곳을 드라이브했어요. 나는 해외에서의 운전이 처음이고, 딸은 내비게이터로 평소 별로 볼 기회가 없는 영어로 된 지도와 고전했지요. 도중에 여러 사람들에게 길을 물어가면서 어찌어찌 목적지에 겨우겨우 도착. 딸도 한몫 단단히 했고요. 그리고 무사히 일정 종료.

출발 전에 했던 걱정들은 정말 쓸데없는 것이었어요. 여행 중에 본 딸의 웃는 얼굴, 직접 보고 느낀 영국의 분위기 등 머릿속에서 이것저것 생각하기보다는 우선은 몸으로 움직여 보는 쪽이 훨씬 더 세계가 넓어지는 것 같네요.

그 이후로 아이들과 훌쩍 떠나는 순간들이 자꾸자꾸 즐거워졌지요.

여행을 통해 가지는 아이와의 대화시간

006

외투의 계절이
오기 전에

며칠 전 목욕하고 유리창에 비친 내 모습을 보고 경악! 허리랑 엉덩이
랑 허벅지가 이렇게 두꺼웠었나? 당황하며 전신거울 앞에 서니 음~,
역시 통통해졌네요. 그러고 보니 요즘 바빠서 몸을 제대로 움직이지
를 못 했어요.

　내 경우 일이 많아서 살이 빠질 때는 볼살과 가슴살이 제일 먼저
빠져요. 그렇지만 살이 찔 때는 뱃살부터. 그래서 이렇게 하반신이

두꺼운 체형이 되고 말았어요. 어떻게든 손을 써야 할 텐데.

우선 나 자신을 압박하기 위해 3개월간이나 멀리 했던 필라테스 레슨을 받으러 갔어요. 필라테스는 안쪽 근육부터 단련해서 몸을 바꾸는 데 좋은 운동이에요.

그런데 오랜만에 만난 선생님 지적에 급 당황! 내 척추가 굽어 있고, 또 좌우 대칭이어야 할 목에서부터 어깨까지의 왼쪽 근육이 극단적으로 작아져 있다는 것이에요.

짐작 가는 바가 있었지요. 실은 필라테스를 쉬는 동안 목이 아파서 힘들었거든요. 책상 앞에 오래 앉아서 하는 일이다 보니 평소부터 목과 어깨가 그리 좋지는 않았어요. 근육량이 적어진 것과 목 통증 악화의 인과관계가 분명했어요.

허리는 일단 접어두고 우선 근육을 길러서 몸의 균형을 맞춘다는 것에 초점을 두기로 했어요. 체중의 증감이 아니라, 군살 제거가 우선. 이를 달성하기 위해서는 뻔한 이야기지만 운동과 식사가 중요하다는 판단이었어요.

운동은 되도록 담벨 레슨을 받으러 다니고, 또 집에서도 간단히 할 수 있는 프로그램을 배웠어요. 또 저녁식사는 탄수화물을 줄이고 그 대신 단백질, 비타민, 미네랄이 많은 반찬을 제대로 챙겨 먹어야 해요. 아침과 점심 식사는 탄수화물도 든든하게 챙겨 먹구요.

두꺼운 옷으로 체형을 숨길 수 있는 계절이 오기 전에 지금 바로 집중해서 어떻게든 해결해 봅시다.

체형은 숨길 게 아니라 우선 바꾸려고 하자

007

미니
단식

내가 살고 있는 시에서 1년에 한 번 해주는 건강검진을 받고 왔어요. 마흔 살이 넘으니까 기본 검진에 위암, 대장암, 유방암, 자궁암까지 검사해주더라구요. 특히 위투영(바륨을 먹고 엑스레이를 찍는 것) 검사가 포함되어 있어서 전날 밤 8시 이후에는 물을 포함한 일체의 음식물 섭취 금지.

    그런데 이 날은 오후 7시 반부터 9시까지 댄스 레슨이었어요. 레슨 직전에는 밥을 먹을 수 없으니까 오후 5시 반쯤 저녁밥을 미리 챙겨 먹었어요. 레슨 전에 가볍게 과일을 먹고, 스포츠음료, 젤리, 물을 가져갔지요. 땀을 비오듯 흘리면서도 시계와 신경전을 벌인 끝에 결국 8시에는 모든 것을 입에 털어 넣었어요. 그래도 레슨이 아직 1시간이나 남

아 있었으니… 땀을 많이 흘리고, 입 안이 바짝바짝 타들어가는 것 같았죠!

　다음날 눈을 뜨니 뱃가죽이 등에 붙은 것 같았어요. 쏙 들어간 배에 내심 쬐끔은 기쁘면서도 뱃속은 밥 달라고 아우성. 자칫하면 아무거나 집어먹을 것 같아 아침식사 준비는 남편한테 부탁했어요. 가족이 식사하는 동안 '아~ 보지 말아야만 한다~' 라고 세뇌를 하며 예정시간보다 좀 일찍 집에서 출발해버렸어요!

　병원에서 기다리는 동안에도, 검사중에도 오직 머릿속은 "검사가 끝나면 먼저 뭘 먹을까?"라는 생각으로 꽉 차버리더군요. 어느새 대기실 텔레비전에서 방송하던 음식 소개 프로그램을 뚫어지게 감상하고 있더라구요. '앗, 파스타가 좋겠어', '달콤한 디저트도 먹고 싶어', '그래도 역시 따뜻한 메밀국수도 포기할 수 없어' 망상은 자꾸만 커져갑니다. 단 12시간에 불과한 짧은 단식임에도 불구하고 먹거리가 마구마구 그리워지네요. 평소에는 뭐든 당연하게 먹었는데, 못 먹게 되니까 그 소중함을 통감하고, 또 통감하게 됐어요.

　다행히 점심식사 전에 검사 완료. 결국 수퍼마켓에서 우동, 새우와 곰장어 튀김을 사와 집에서 냄비우동을 만들어 먹었어요. 맛이 환상적이었죠! 검사 결과는 아직 나오지 않았지만, 이렇게 우동을 맛있게 먹을 수 있다는 데 감사해요. 식사할 수 있는 환경에도요.

　당연하다고 생각했던 것들이 사실은 감사해야 할 일이란 걸 다시 한 번 깨달은 소중한 하루였어요.

먹을거리에 감사

008

생강으로
감기 **추방**

어느 날 아침, 일어나 보니 심한 목 통증으로 목소리가 안 나올 정도였어요. 감기에 걸리고 만 것이죠.

감기는 막~ 걸리려고 할 때 잡는 게 최고! 곧바로 평소 다니던 단골 병원에 가서 감기약을 처방받았어요. 그래도 안심이 안 돼서 뭔가 좀더 확실한 방법을 찾아야만 했어요. 고민 끝에 생각해낸 게 바로 뜨끈뜨끈한 생강탕. 마시는 게 아니라 생강탕에 몸을 담그는 거예요.

생강 180그램을 준비하는데, 어린이 주먹만 한 크기의 양이에요. 이걸 전부 강판에 갈아요. 이것만으로도 생강 냄새가 솔솔 올라와 콧속이 뻥 뚫리는 느낌이 들죠. 그리고 간 생강을 쿠킹페이퍼로 꾹 짜서 만든 생강즙을 욕조에 넣으세요. 이 생강탕 안에 들어가면 몸이 금세 따끈따끈해진답니다. 생강 얇게 썬 것을 주머니에 넣어 함께 띄우면 향기가 더 진하게 올라와 좋겠죠. 따끈따끈 몸이 데워지면서도 개운한 느낌인데, 욕조에서 나와도 이 따뜻한 느낌은 쉽게 식지 않는답니다. 단 피부가 약한 사람이나 열이 심하게 나는 날에는 피하는 게 좋아요.

생강탕으로 몸 바깥을 데운 다음에는 생강차로 몸 안을 따끈하게 합니다. 생강 한 쪽을 강판에 갈아 생강즙을 낸 다음 꿀을 취향대로 타는데, 보통 계량스푼 큰 걸로 2개 정도면 적당해요. 여기에 따뜻한 물

을 부어 충분히 잘 섞으세요. 레몬이나 유자를 짜서 넣어도 맛있어요.

이걸로 몸은 충분히 후끈후끈해져요. 몸이 식기 전에 얼른 이불 속으로 쏙! 빨리 잠들도록 하세요. 그러면 방에 굳이 난방을 하지 않아도 괜찮으니 에너지 절약에도 굿!

요령은 감기에 막 걸리려고 할 때 무조건 생강탕에 들어갈 것. 상당한 양의 생강을 사용하기 때문에 몸이 많이 안 좋을 때 사러 가는 건 힘들겠죠. 게다가 미리 사둔 게 있어도 주먹만 한 생강을 전부 강판에 가는 데는 상당한 힘이 필요하니까요. 그나마 아직 체력이 있을 때 해버리길 권합니다.

몸 안팎에서 생강 공격

009

전신거울로
바디 라인 체크

겨울이 되면 과식을 하거나 술을 마실 일이 많아지지요. 게다가 이 계절에는 입맛까지 돌아 뭐든 환상의 맛! 그런데 얼마 전 문득 밑위길이가 짧은 청바지를 입었는데 허리 위로 살이 사뿐히 삐져나와 있는 게 아닙니까.

사실 겨울에는 몸매가 드러나는 옷을 별로 안 입잖아요. 그렇다고 해서 방심하고 있다가는 옷이 얇아질 무렵이 되면 악~!

하고 비명을 지를 일이 생기겠죠. 그때 가면 이미 손쓸 수 없는 지경이 되어 있을 수도 있고요. 그러니 이럴 때일수록 더욱 몸매에 신경을 써야겠어요.

그럴 때 가장 의지할 수 있는 상대가 전신거울이에요. 무조건 그

실천가능성 ★★★★☆

앞에 서서 우선 자신의 모습을 있는 그대로 찬찬히 살피는 거예요. 물론 이 일에는 상당한 용기가 필요해요. 안방에 전신거울을 갖다 놓고 옷을 갈아입을 때마다 체크하기로 했어요.

매일 살피면서 알게 된 건 체중이나 체지방이 변하지 않아도 살이 붙는 모습이 날마다 변한다는 사실. 또 자신의 뱃살을 육안으로 보는 것과 거울로 보는 것은 많이 다르네요. 목욕탕에서는 '요즘 살이 좀 붙은 것 같아' 라고 느꼈는데 거울로 보면 '상당히 붙었다!' 는 걸 느낄 때가 많아요. 마흔 살이 넘어서부터는 좀 많이 먹었다 싶으면 확실히 뱃살이 불룩 나오네요.

매일 전신거울을 봐서 제일 좋은 점은 변화를 빨리 발견할 수 있다는 거예요. '배가 나왔어' 라는 생각이 들면 나는 우선 '배를 5센티 안으로 밀어 넣어야지' 라는 이미지로 복근을 의식하며 움직여요. 이것만으로도 몸의 라인이 상당히 달라지죠.

또 거울 앞의 제 모습을 확실히 머리에 넣어두면 술자리에서도 지나치게 많이 먹는다든지 하는 일이 줄어들죠. 어차피 먹을 거라면 '먹으면 살찌니까 참아야지' 라고 생각하기보다는 '맛있게!' 먹고 조금 모자란다 싶을 때 젓가락을 내려놓기로 하고 있어요.

그리고 마지막 포인트는 먹으면 배출할 것. 겨울은 추워서 운동량이 줄어들고, 그러다 보니 변비에 걸리기 쉬워요. 제철 뿌리채소를 중심으로 채소를 많이 드세요. 자, 이걸로 행복한 봄을 맞이할 수 있겠죠?

내 체형을 인정하는 것이 우선

010:
간단
발 관리법

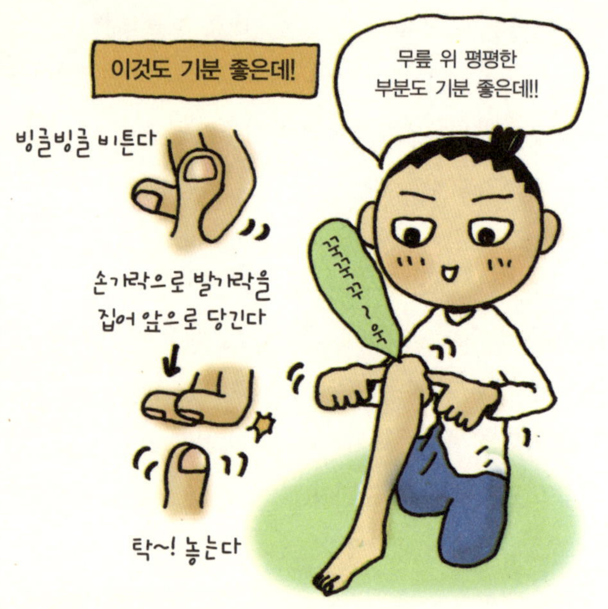

매년 겨울이 되면 엄청 신경 쓰이는 부분이 있어요. 바로 발뒤꿈치. 이미 거칠거칠하게 갈라져 있어서 이 상태로 스타킹을 신는다면 바로 줄이 쫙 갈게 뻔했어요.

발뒤꿈치뿐만 아니라 발바닥 상태도 비참하기는 마찬가지네요. 댄스를 배우고 있어 여기저기 굳은살이 박힌 건 물론이고 딱딱하기까지 해서 남들한테는 도저히 보일 수 없는 상태랍니다.

실천가능성 ★★★★★

그런데 며칠 전 인터넷을 보니까 간단하게 발 마사지를 하는 방법
이 나오는 게 아니겠어요. 목욕 후 얼른 시험해보기로 했죠. 맞다~,
풋크림을 함께 써 보자.

우선 왼쪽 발목을 천천히 돌립니다. 풋크림을 발 전체에 바르고
이번에는 발가락 하나하나를 돌려요. 언제나 신발 속에 갇혀 위축되
어 있었을 발가락. 벌려 주는 것만으로도 상당히 기분이 좋아요.

다음으로 발가락 하나하나를 손가락으로 누르듯 자극해요. 그리
고 마지막으로 와인병을 따듯 발가락 끝을 빙그르르 뒤틀어 탁 하고
놓아요. 이게 조금 아프면서도 기분이 좋아요.

발가락이 끝나면 이번에는 발바닥 차례. 발바닥 가운데와 뒤꿈치
중심을 꾸욱 누릅니다. 그런 다음 복사뼈 주변을 마사지합니다. 여기
서 종아리를 지나 무릎까지 주물럭주물럭. 그동안 별로 신경 쓰지 않
아선지 정강이도 까칠까칠. 로션을 정성껏 발라주세요.

시간으로 치면 5분이 채 안 걸리는데, 놀랍게도 마사지한 다리가
다른 쪽 다리에 비해 너무나 가벼워요. 왠지 길어진 것 같은 느낌까
지 드네요.

발바닥은 몸 전체의 지압점이 모여 있다고 해요. 만져 봐서 아픈
데는 그 부분에 해당하는 장기가 좋지 않다는 증거래요. 마사지를 하
면서 건강 체크를 할 수도 있으니 일석이조.

손바닥 전체로 발등을 만지노라니 '항상 내 몸무게를 잘 버텨주는
구나' 라는 감개무량한 기분조차 드네요. 내 발이 너무나 사랑스럽게
느껴지는 순간입니다.

나를 지탱해주는 발에 감사의 마사지를

011 :
마스크 미인에
도전

갓~ 마흔 살이 됐을 무렵 지독한 감기에 걸리고 말았어요. 그 해 겨
울은 심하게 앓은 후라선지 줄곧 몸이 좋지 않았어요. 그 후에는 전
철이나 비행기를 타거나 사람이 많은 장소에 갈 때는 반드시 마스크
를 착용했어요. 잠잘 때조차 할 정도였으니까요. 특히 호텔은 건조하
기 때문에 필수품.

　마스크는 보습 보온 효과가 있어 목도 칼칼해지지 않고 따뜻하게
유지해 주지요. 어떤 책에서 읽었는데, 기관지에는 바이러스나 세균

을 밖으로 몰아내는 섬모가 있는데, 너무 추우면 제대로 활동하지 못한다고 해요. 마스크는 섬모의 활동을 도와주지요. 마스크 덕분인지 그 후에는 심한 감기에 걸리는 일은 없어졌답니다.

마스크에도 여러 가지 종류가 있습니다만, 내가 즐겨 쓰는 것은 입체형. 항상 가방에 한 장은 상비하고 다녀요.

그런데 마스크를 자주 사용하게 되면서부터 그에 어울리는 패션이 신경 쓰여요. 마스크 미인의 본보기라고 한다면 치과위생사지요. 이 사람들은 눈과 눈썹이 포인트. 여기에서 힌트를 얻어 눈 화장만은 정성껏 한답니다. 물론 너무 화려하게 보이지 않도록 신경 쓰는 것도 잊지 않죠.

그리고 귀 주변은 깔끔하게 머리모양을 정돈하는 게 좋아요. 피어스나 귀걸이도 치렁치렁 하지 않도록 주의하구요. 또 마스크에 아로마 오일을 조금만 떨어뜨리면 굉장히 상쾌해요. 나는 페퍼민트나 그레이프푸르트 향을 자주 사용하지요.

그런데 아무리 주의해도 파운데이션이 묻고 말아서 오래 사용하면 냄새가 나기도 해요. 그럴 때는 새것으로 교체해 항상 청결을 유지하는 게 중요하답니다.

최근에는 기간 한정으로 분홍색이 나오는 등 여러 가지로 선택의 폭이 넓어졌어요. 그렇지만 마스크와 모자를 반드시 같이 사용하는 나에게 우리집 아이들의 친구들은 "아무리 봐도 좀 이상한 사람 같아 보여"라는 평가를 내리는군요. 마스크 미인이 되기에는 아직 갈 길이 먼가 봐요.

어떤 상황일지라도 멋내는 걸 잊지 말자

012 :
작은 **상처**에
야단법석

정말 한순간에 벌어진 일이었어요. "아얏!" 아픔을 느끼는가 싶었는데 손가락에서 피가 자꾸만 흘러나오더니 순식간에 손가락이 피투성이가 되어버렸어요. 자르던 배추까지도 덩달아 붉게 물들 정도였죠.

티슈로 상처 부위를 아무리 눌러도 피는 안 멈추고 급기야 속까지 울렁거렸어요. 반창고를 두 바퀴나 꼭꼭 감고 나니, 진이 빠져서 털썩 주저앉고 말았어요. 아~아, 오늘은 저녁 준비를 빨리 하고, 여유로운 저녁시간을 보내려 했는데, 에구구.

병원에 가보려고 해도 오늘은 휴일. 꿰매는 건 생각만 해도 소름이 끼치는지라 이대로 피가 멈춰 주기만을 하염없이 빌었답니다. 시간이 얼마나 흘렀는지 겨우 겨우 피가 멈추었고, 기분도 다시 괜찮아졌어요. 반창고를 새 걸로 바꾼 뒤 저녁 준비를 포기하고 일하는 책상 앞에 앉았어요.

키보드를 치는 데는 별 지장이 없었고, 그때가 지나고 나니까 아까 그렇게 동요했던 것도 완전히 까먹고 말았어요. 문득 기분전환도 할 겸 최근 새로 외운 댄스 동작을 연습해보고 싶어졌어요. 거실에서 몸을 조금씩 움직여 보다가 그만 나도 모르게 춤에 빠져 들고 말았어요.

그러다 문득 손가락을 보니 아, 앗! 아까 반창고를 붙여놓았던 손가락이 시뻘게져 있었어요. 피가 금방이라도 뚝뚝 떨어질 것 같았어

요!! 후다닥닥 티슈로 손가락을 감싼 뒤 반창고를 바꿔 붙였어요. 그렇지만 피는 멈출 줄을 모르고 자꾸만 흘러내리네요. 게다가 엄청나게 아팠어요. 이런 멍청한 짓을! 몸을 움직인 탓에 상처부위가 벌어지고 만 거예요.

당황해서 응급처치를 받을 수 있는 곳을 찾다 보니, 마침 근처에 종합병원이 있어서 치료를 받고 왔어요. 다행히도 꿰매지는 않고 테이프로 고정했는데, 그래도 붕대를 둘둘 감고 한동안 불편한 몸으로 지내야 했어요. 물론 의사 선생님에게는 춤추다가 다시 대출혈을 했다는 이야기를 비밀로 했죠.

겨우 손가락의 작은 상처라고 해도 안정될 때까지는 한동안 조심하지 않으면 안 되겠어요. 앞으로 조심, 또 조심!

작은 상처도 조심 또 조심

공으로 등허리를
꼿꼿하게

일이 바쁠 때는 컴퓨터나 책상 앞에 앉아 있는 시간이 훌쩍 늘어나요. 그러면 목, 어깨, 등줄기가 뻣뻣해져요. 특히 목은 몇 년 전 유도 연습을 하다가 다친 이후로 피곤하면 고개가 잘 안 돌아가요. 가끔 스트레칭을 한다고는 하지만 결국 견디다 못해 접골원을 찾았어요.

거기서 항상 봐주시는 원장선생님 말씀에 따르면 한 쪽이 항상 딱

실천가능성 ★★★★☆

딱해져 있는 걸 보니 일하는 자세에 문제가 있을 거라는 진단이었어요. 마음에 짚이는 건 최근 책상 앞에서 다리를 꼬고 앉는다는 사실이에요. 그것도 오른쪽 다리만. 게다가 목도 조금이긴 해도 왼쪽으로 기울어져 있어요. 아마 몸 전체가 좌우대칭이 아니라, 틀어져 있는 것 같아요.

이건 어떻게든 고쳐야겠다 싶어 필라테스 선생님한테 상담을 했더니 아이디어를 하나 주셨어요. 그건 바로 의자와 등 사이에 공기를 뺀 트레이닝 공을 대고 앉는 방법이에요.

이 공은 원래 몸 근육을 단련하는 데 쓰는 거예요. 평소에는 공에 공기를 빵빵하게 넣어 사용하는데, '어, 이렇게 사용할 수도 있구나' 생각하며 집에 돌아와 얼른 시도해봤죠.

그랬더니 거짓말처럼 공 덕분에 등도 쭉 펴지고 몸의 좌우대칭도 잡혀 굳이 다리를 꼬고 앉을 필요가 없어졌어요. 평소에는 의식해서 '되도록 다리를 꼬지 말아야지' 생각하면서도 원고 작업에 열중하다 보면 어느새 다리를 꼬고 앉아 있더라구요. 그런데 단지 공 하나만 등에 대고 있었을 뿐인데 더이상 다리를 꼴 필요가 없어지다니!

실제로 며칠 계속해보니 어깨나 목 부분이 이전보다 훨씬 덜 아프더라고요. 허리를 잘 세우는 것만으로도 복근, 등 근육까지 붙으니 정말 좋아요. 바닥에 누울 때도 이 공을 이용하면 허리가 쫙 펴져서 얼마나 기분이 좋은지 몰라요.

자세란 매일 반복되는 거니까 정말 중요해요. 몸에 좋든 나쁘든 영향을 끼치거든요. 항상 의식하면서 바꿔갈 수밖에 없어요.

자세는 일 진행에 영향을 줄 만큼 중요

뒷
이야기
웨스톤 수퍼메어 해안은 영국에서도 조수간만의 차가 가장 크다고 해요.
바다는 저~ 멀리~
독자분이 메일을 보내 주셨어요.
딸하고의 영국여행은 잊을 수 없는 추억이 됐어요.
우와~ 하늘이 무지커
그렇지만 가기 전에
일은 언제 끝내지?
준비 할 게 너무 많아
여행 귀찮군
삐걱!
머릿속으로 복잡하게 생각하지 말고 일단 가보자! 해보자!
Yoga
마음만 있으면 의욕은 자연히 따라와.

겉모습을
바꾸기만
해도
활활
잠옷
할 수 있겠는데
접신 화장
상큼
완소 →
몸가짐
걸을 땐
땅바닥을
보지 말고
무조건
앞을 보고
걷자!
그러면
무한 긍정의
마음이 따라온다.
우선 몸부터
몸이
뇌한테
속는
거예요.
Smile
Smile
자꾸자꾸
이용하자.

가끔은
미니 스커트에
도전!!

여성 스러워
지잖아

여덟 팔자 자세?

Chapter 4

생활케어

001 :

봄
손님

지난번에 접골원에 갔더니 대기실에 작은 꽃 화분이 하나 있었어요. 파란색이 예쁜 꽃. 화분에 꽂혀 있는 이름표에는 '눈 속에서 피는 풀' 이라고 적혀 있었어요. 이름은 들어본 적 있지만 실제로 본 건 처음이었어요.

벌써 봄이네요. 변함없이 눈 섞인 비가 내리기도 하다가 그 다음 날은 햇살이 쨍쨍 내리쬐어 따스하기도 한 삼한사온의 계절 봄이에요. '봄이 기지개를 켜는구나' 하고 실감하다가 문득 봄을 느끼게 하는 것들을 떠올려 봤어요.

우선 아침시간. 얼마 전까지만 해도 아침에 일어나면 아직 컴컴했는데, 요즘은 희미하게 밝아 있어요. 또 저녁 무렵에는 5시가 넘으면 어두워졌는데, 최근에는 6시까지 밝아요.

그래서 저녁에 강아지를 데리고 산책 가는 일에

실천가능성 ★★★★☆

도 변화가 생겼어요. 얼마 전까지만 해도 모자와 장갑에다 방한용 목도리까지 갖추고 완전 방어 태세로 집을 나섰지요. 공원까지도 쫓기듯이 달려갔다가 도망치듯 집으로 돌아왔었어요. 그런데 최근에는 산책하는 데 그렇게 힘들지도 않고, 공원에 가서도 앉아서 유유자적하게 즐길 마음의 여유가 생겼어요. 얼마 전까지만 해도 완전히 어둠이 내릴 때까지 산책하다가 우리집 강아지와 별 총총한 하늘을 올려다 봤었는데.

그런데 "정말 봄이구나!" 하고 느낀 것은 바로 얼마 전의 일이에요. 아침에 일어났더니 하늘은 뿌옇게 흐리고, 비가 오고 있었어요. 외출하려고 나가다 자동차를 보고 그만 깜짝 놀라고 말았어요. 까만색 자동차가 회색으로 뒤덮여 있는 거예요. 보닛에는 모래가 엷게 쌓여 바람이 부는 대로 문양마저 만들어져 있었어요. 아마도 황사가 대량의 비와 뒤섞여 쏟아져 내린 모양입니다.

최근 몇 년 사이에 황사현상이 심해지고 있는 것 같아요. 관동지역에서 자란 나는 야마구치현으로 이사 오고 나서 처음으로 황사를 봤을 때 깜짝 놀랐었어요. 정말 먼 데서 날아오는구나 하고 신기한 생각도 들었지만, 그보다는 말리려고 널어놓은 빨래에 자꾸만 마음이 쓰였어요.

반갑지 않은 불청객도 이렇게 있지만, 기분을 바꾸어서 봄내음 가득한 음식을 한번 찾아보는 건 어떨까.

계절의 변화를 느끼자

002

채소로
그린커튼

겨울에서 봄에 걸쳐서 팬지랑 비올라 화분들이 뜰을 한창 화사하게 해줬어요. 그런데 철이 다 지나버려 이번 주말에 큰맘 먹고 화분을 새로운 묘목으로 바꿔 심었어요. 여름에 대비해서죠.

우와! 기분 좋~다! 작년 가을에는 일이 너무 바쁜 바람에 준비해 두었던 묘목을 못 쓰고 버렸던 쓰라린 경험도 있고 해서 올해에는 부지런을 좀 떨기로 했죠.

그렇다구요. 나는 훌륭한 정원사는 못 된답니다. 아직까지 정원에 심어진 나무들의 이름조차 못 외우니까요. 그래도 자연을 바라보는 게 그저 좋아서 흉내 좀 내려고 화분에 식물을 열심히 심어요.

몇 년 전 일인데, 원고 마감에 쫓기다 보니 문득 '이대로 가다

가는 마음이 고갈되어 버리고 말거야. 뭔가 촉촉한 단비 같은 게 필요하다' 는 걸 절실히 깨달았어요. 베란다 화분에 식물을 심기 시작한 게 이때부터였어요. 그 전까지는 '이건 키우기 쉬운 것' 이라며 남들이 선물해준 포토스조차 물주는 걸 잊어서 말려 죽이기 일쑤였으니까요.

어느 날 저녁 기분 전환도 할 겸 베란다에 나가 보니 어쩐지 잎사귀들 숨 쉬는 소리가 들려오는 것 같은 느낌이 들었어요. 내일은 새로운 꽃을 피우려고 하는 건지, 새로운 잎사귀가 고개를 내밀려고 하는 건지, 어쩐지 알 수 없는 힘이 자꾸만 솟아 나왔어요. 가까이에서 심호흡을 해보니 어쩐지 나까지 건강해지는 것 같았어요.

그러고 보니 세계문화유산이 있는 야쿠시마라는 섬의 숲속 깊이 들어갔을 때에도 똑같은 경험을 했어요. 나무들에 둘러싸여 있으니 어깨에 잔뜩 들어 있던 힘도 빠지고 고민거리나 이것저것 해야 할 것들에 대한 초조함 같은 것도 달아나버렸어요. 본래의 나 자신으로 돌아가 힘이 났어요. 작은 화분에 뿌리 내린 잎사귀에서도 그런 힘이 있는 것 같아요.

이번 여름에 대비해 창문 밖으로 덩굴이 올라가는 식물을 심어서 집을 시원하게 해주는 '그린커튼' 에도 도전할 생각이에요. 더운 햇볕을 차단함으로써 방 온도를 내리는 효과가 있다고 하네요. 자연히 에어컨 켜는 횟수도 줄 테니까 지구 환경을 지키는 데도 기여하겠죠. 내가 이번에 고른 건 건강식으로 유명한 채소 고야!!

이번 여름은 녹색 정원에서 맥주와 고야참프루 요리. 평소와는 좀 다른 녹색환경을 즐기려고 합니다.

식물에게서 얻은 힘으로 으샤으샤

003

어시장
체험기

야마구치현으로 이사 오고 나서 어느덧 벌써 십 년이 넘었네요. 처음 여기에 와서 무조건 감격스러웠던 건 바다가 바로 코앞이라는 사실 때문이었어요. 자동차로 10분만 달리면 금방 세토나이바다가 나오고 생선 맛도 기가 막히죠.

얼마 전에 일반인도 생선을 살 수 있다는 제일 가까운 어시장에 자동차로 다녀왔지요.

바다를 향해 좁은 길을 달리다 보면 옹기종기 늘어서 보이던 집들이 더이상 보이지 않는 곳에 자동차가 잔뜩 주차해 있는데, 여기가 바로 그 어시장이에요. 아담해서 시장이라는 이름보다는 좀 큰 생선가게 같은 분위기죠. 그래도 수많은 인파! 도대체 어디에서 이렇게 몰려든 걸까.

마침 경매를 하는 중이라 쩌렁쩌렁한 목소리가 오고 가네요. 그 옆으로는 빽빽하게 늘어선 생선들. 양태, 전갱이, 보리멸, 오징어, 새우, 문어, 도미… 처음 보는 생선도 잔뜩 있었어요. 온 사람들은 모두 손에 양동이를 들고 이미 익숙한 듯한 모습으로 생선가게 아주머니와 이것저것 흥정을 하고 있어요. 그리고 제각각 맘에 둔 생선을 손에 넣네요.

그 활기에 나도 모르게 기가 질려서 꼼짝을 못하고 그 자리에 얼

어붙고 말았어요. 뭘 사지, 구경
이나 할까, 그냥 돌아갈까?

　그런데 갑자기 누가 어깨
를 툭툭 치는 게 아니겠어
요. 뒤돌아보니 낯익은 사람
이 날 향해 활짝 웃었어요.
어, 내가 잘 가는 횟집 아저
씨다! 처음 나간 외국에서
아는 사람을 만난 것처럼 안
도감이 물밀 듯 밀려들었답
니다.

　이 분이 나를 자동차 세워둔
쪽으로 데려가더니 "이거 가져가 드
세요"라며 막 경매에서 산 새우를 들려주는 게 아니겠어요. 봉투 안
에는 이 지방에서 '부토에비' 라고 부르는, 날 것으로 먹어도 되는 맛
있는 작은 새우가 잔뜩 들어 있었지요. 어떻게 다루는지까지 손수 보
여주었어요. 감사, 감사!

　어시장을 나오니 장마철이라 하늘에서 빗방울이 뚝뚝 떨어졌어
요. 뒷자리에 놓아둔 봉투 속에서는 새우가 춤추는 소리 톡톡톡톡.
그 소리를 들으면서 오늘 밤은 튀김을 할까, 회를 뜰까 마음마저 즐
겁게 춤을 추며 자동차는 달렸습니다.

가끔은 수퍼마켓이 아닌 다른 곳에서 쇼핑하면 어떨까

004 :
정열적 요리 뒤
소소한 성취감

월요일은 원고 마감이 많아서 일요일 밤이 되면 항상 마음이 싱숭생
숭. 이럴 땐 미리 찜요리를 해두면 기분이 홀가분해지곤 해요. 그래
서 이번엔 '소혀 스튜'에 도전해봤답니다.

옛날에 어떤 소설에서 이런 구절을 읽은 적이 있어요. "소혀 스튜
에 매쉬드 포토이토를 곁들여 레드와인을 천천히 음미하며…" 어쩐
지 너무나 멋지겠다는 이미지가 남아 있었어요.

일단 소혀를 확보하기 위해 동네 정육점에 전화를 했지요. 그랬더

니 글쎄 국산 소혀는 일주일에 한 번밖에 안 들어온다네요. 그렇게 대단한 귀중품일 줄이야! 지방에서 오는 거라 그런가? 미국산은 금방 살 수 있다고 해서 그걸로 주문했어요. 껍질 부분 처리도 부탁했는데, 1개에 1킬로그램 조금 넘는 양으로 100그램당 약 5천400엔 정도였어요.

그런데 아무래도 혓바닥이다 보니 역시 모양은 그로테스크. 이걸 오래 감상하는 것도 별로라서, 얼른 냄비 속으로 퐁당. 우선 초벌삶기로 1시간 정도 삶아 불을 끈 뒤 그대로 다음날까지 두었어요.

다음날 드디어 찜요리를 시작. 잘라 둔 야채를 볶은 뒤 홀토마토, 부이용, 레드와인 등과 함께 얇게 썬 소혀를 넣어 오랫동안 보글보글 끓이기를 두 시간.

그동안 매쉬드 포테이토와 레드와인도 준비했죠. 가족 전원이 "잘 먹겠습니다!" 하기가 무섭게 "어때?", "맛있지?", "시간도 오래 걸렸고 처음 만든 거라 여러 가지로 엄청 신경 써서 만든 거야" 하며 쏟아냈습니다. 모두의 얼굴 표정이 변하는 것까지 샅샅이 관찰한 건 물론이죠.

"맛있어!" '아~, 다행이다' 그런데 점점 먹는 속도가 떨어지더니… "맛있는데, 맛이 너무 진해서 보통 소고기만큼은 못 먹겠다"는 의견이. 음~ 내 생각에도… 당연히 다 먹어치울 줄 알았던 스튜는 냄비에 남고 말았어요. 3일 전부터 준비했던 음식이 불과 20분 만에 끝나다니.

해보고 싶었던 요리라 만들어 보고 나니 조금은 성취감이 있었어요. 그렇지만 다음에는 그냥 비프스튜로 해야겠어요.

정성껏 만든 요리를 순식간에 먹어치우는 것도 별미 

005 :
욕실 **청소**는
매일 조금씩

나는 엄청난 고도 근시라서 낮에는 보통 콘택트렌즈를 애용해요. 목욕탕에는 항상 자기 직전에 들어가니까, 거기서는 렌즈를 빼서 사물이 흐릿하게 보여요. 그런데 얼마 전에 좀 이른 시간에 목욕하느라 콘택트렌즈를 낀 채로 들어갔어요. 오랜만에 욕실 안을 꼼꼼하게 살피다가 엄청난 충격!

"여기 저기 곰팡이가 잔뜩 피어 있잖아!"

항상 나오기 전에 바닥과 벽의 물기를 처리하고, 환풍기를 돌리는 등 신경을 많이 썼는데! 게다가 아직 집을 지은 지 2년밖에 안 됐는

실천가능성 ★★★★

데. 평소에는 콘택트렌즈를 빼고 들어가 모든 게 희미하게 보이니 전혀 알아차리지 못했네요. 곰팡이의 힘은 정말 대단하네요.

간단히 처치해버리는 방법이 없을까 고민하다 한 가지 방법이 떠올랐어요.

"매일 목욕탕을 사용할 때마다 조금씩 씻어내는 거야!"

알몸으로 욕실 밖으로는 나가고 싶지는 않으니, 몸에 닿아도 괜찮은 세제와 커다란 솔을 미리 목욕탕 안에 준비해두고, 낡은 칫솔도 하나 비치했어요. 그리고 이게 제일 중요한데요, 한꺼번에 많이 하지 말 것! 일단 한번 시작하면 보이는 것마다 신경이 쓰여 꼬리에 꼬리를 물고 하다가 시간이 얼마나 흐르는지도 잊고 말죠. 그렇지만 한번 그러고 나면 "역시 목욕탕 청소는 힘들어!"라는 이미지가 생겨서 다음부터는 좀체 하고 싶은 마음이 안 들게 되니까요. 매일 조금씩 하는 게 중요해요.

이런 연유로 바닥부터 시작했어요. 사방 50센티미터 이내로 범위를 정해두고 몸에 비누를 칠한 채 문질러요. 그리고 몸을 씻어낼 때 함께 씻어내리면 5분도 안 걸려요. 내일은 그 옆을 청소. 이런 식으로 바닥청소가 다 끝나면 벽, 욕조, 욕조 뚜껑 이렇게 매일매일 장소를 바꾸는데, 며칠 지나 청소를 전부 끝내면 다시 처음부터 시작해요. 그러면 욕실은 항상 반짝반짝!

그런데 콘택트렌즈를 낀 채 욕실에 들어가면 거울에 비친 내 체형 중 신경 쓰이는 데가 많아서 편안하게 피로를 풀 수가 없어져 버리네요… 흐흐흐

"하는 김에" "조금만" "우선" 계속할 수 있는 비결

006 :
큰맘 먹고
사진 정리

전 사진 정리를 참 못하는 편이에요. 딸의 앨범은 '생후 3개월'에서
끝나 있고, 아들의 앨범은 그저 텅 비어 있을 뿐. 인화한 사진은 상자
에 넣은 채 아직 그대로 방치중이죠.

그래도 컴퓨터 속 사진 데이터라면 어떻게든 정리가 될 것 같아서
요 수년 동안은 디지털 카메라를 사용하고 있어요. 그런데 컴퓨터에
는 중구난방으로 아이콘만 널려 있을 뿐 여전히 정리가 안 되네요.

006 :

실천가능성 ★★★☆☆

언젠가는 정리하겠다는 생각으로 늘 마음 한켠이 무겁기만 해요.

얼마 전에는 몇 년 전 찍은 사진을 찾는 데 시간이 너무 많이 걸리는 바람에 이젠 정말 정리하기로 중대결단을 내렸어요. 단, 시간을 정해두고 했어요. 왜냐하면 사진을 보다가 "이럴 때가 있었네!"라며 추억에 빠져 영원히 끝내지 못 할 것 같았으니까요.

우선 커다란 이벤트별로 폴더를 작성했어요. 예를 들어 매년 찍은 운동회 사진을 〈운동회〉 폴더로. 〈생일〉 〈가족여행〉 등도 마찬가지. 또 사진으로 찍어두었던 아이의 공작이나 그림도 〈아이들 작품〉 폴더로.

업무용 자료는 〈업무〉. 그 외 소소한 일상의 일들은 〈2007년 생긴 일〉같이 연도별 폴더에. 이렇게 하니까 컴퓨터 화면 위 아이콘도 많이 줄어들어 깔끔하고 알아보기 쉬워졌어요.

정리를 하면서 오랜만에 내 옛날 사진들을 봤어요. 몇 년 전의 생기발랄한 내 모습을 보고 요즘은 어쩐지 이런 순수한 느낌이 없어진 게 아닌가 반성도 해봅니다.

또 아이의 어릴 적 사진을 보다가, 이 아이가 벌써 중학생이 됐다니 조금은 감동스럽기까지 하네요. 최근에는 반항기라서 서로에게 화를 내는 일이 잦아졌지만, 이렇게 건강하게 크고 있으니 다행이라는 관용의 마음조차 생겼답니다.

지금까지는 옛날 사진을 일부러 봐야지 하는 생각은 안 했어요. 그렇지만 가끔 이렇게 본다면 현재의 자신을 객관적으로 볼 기회가 되는 것 같아요.

신경 쓰이는 것은 시간을 정해두고 정리하자

007 :
삼각형으로 먹고
쑥쑥 커다오

중학교 1학년생인 아들은 체격이 너무 왜소해요. 많이 먹고 쑥쑥 커 줬으면 좋겠는데 좀처럼 쌀밥을 먹으려 하질 않아요. 야구를 하니까 운동량이 많은데도 불구하고 말이죠. 이유가 뭘까? 고민하다가 얼마 전에 한 가지를 발견했어요. 바로 '~만 먹기'

우선 메인 요리만 전부 먹고, 그 다음에 밑반찬, 샐러드, 그리고 마지막에 남은 밥에 후리가케(생선이나 고기, 채소, 해물류 등을 섞어 밥에 뿌려 먹는 음식)를 뿌리거나, 국에 말아 먹어요. 밥만 먹으니까 양이 밥공기 하나 정도가 되네요.

남편이나 나는 밥, 반찬, 국을 한 번씩 번갈아가며 먹고, 모든 그릇들을 거의 동시에 비우는데요, 이게 바로 '삼각형 식사'랍니다. 내가 초등학교 다닐 때 학교에서 그렇게 급식지도를 해줬는데, 그 이후 밥을 먹을 때는 무의적으로도 순서를 생각하게 돼요.

예를 들어 닭튀김, 무말랭이 조림, 미역초무침, 짠지, 된장국 같은 메뉴라면, 기름진 닭튀김→깔끔하게 채썰어 곁들인 양배추→밥→달콤 짭짜름한 무말랭이→밥→상큼한 초무침 같은 순서로.

밥하고 여러 가지 반찬 맛을 바꾸어 가며 먹어요. 그럼 그걸 하나씩 따로 먹는 것보다 더 제각각의 맛이 살아나는 것 같은 생각이 들어요. 이걸 '입 속의 조미'라고 해야 할까.

또 반찬을 먹으면서 반주도 한잔. 이것도 마찬가지에요. 좀 맵고 자극적이거나 맛이 순하고 섬세한 것도 술이 입 속에서 딱 좋은 맛으로 변화시켜 주지요.

실은 어릴 때부터 아이들끼리만 저녁밥을 먹을 때가 많았어요. 남편은 퇴근 전이고, 나는 원고 마감 전으로 바쁠 때가 많았거든요. 가족 모두가 둘러 앉은 식사시간은 먹는 법을 가르쳐 주는 것이기도 하나 봅니다.

반찬과 밥을 함께 먹을 수 있다면 밥 한 그릇이 두 그릇으로 늘어나지 않을까요. 삼각형 식사법으로 아들 체격을 쑥쑥 키우고 싶은 엄마의 마음입니다.

'입 속 조화'로 여러 맛을 즐겨보자

008

식탁 위를
말끔히

나는 집 안 정리를 잘 못 해요. 청소기를 돌려도 책이나 옷 같은 자잘한 것들이 여기저기 널려 있어요. 슬슬 연말도 가까워오고 해서 빨리 정리하고 싶은데.

사실 너저분하게 어질러지고 지저분한 것도 매일 보다 보면 점점 무감각해져 버리지요. 그럴 때 효과적인 게 잘 정리된 방에 가보는 것. 이럴 때 생각나는 데가 일러스트레이터인 미나미 신보 씨 사무실

이에요.

한번 가보고 깜짝 놀랐어요. 작업장으로도 쓰는 것 같은데, 하얀 책상이랑 캐비닛 위에는 뭐 하나 나와 있는 게 없었어요. 아무래도 서랍이 많이 있어서 자잘한 것들을 전부 잘 정리해두고 있는 것 같았어요. 그 개운한 기분을 생각해낼 때마다 나도 정리 모드에 돌입한답니다.

그렇지만 집 안을 항상 깔끔하게 정리하는 게 나한테는 정말 어려운 일이네요. 그래서 한 군데에만 집중적으로 정리하기로 했어요. 내가 고른 데가 바로 식탁 위. 여기는 집 안의 중심이어서 꽤나 존재감이 크거든요. 게다가 가족이 모두 모이는 자리이다 보니 항상 뭔가가 놓여 있기도 하구요. 우편물, 신문, 잡지뿐만 아니라 아침식사 때 사용한 간장통까지 그대로. 그 밖의 자질구레한 것들을 한쪽으로 밀어놓고서 저녁식사를 하곤 했어요.

하여간 테이블 위에는 예외 없이 아무것도 놓지 않기로! 모든 것은 다른 장소를 만들어 갖다 놓는다. 우편물은 우편함에서 가져오면 테이블에 그대로 놓지 말고 바로 분류해서 각자의 방으로. 다이렉트 메일은 그 자리에서 처분, 신문은 소파 사이드테이블에, 아이들이 가져 온 프린트도 그 자리에서 보고 제 위치에 보관하기로 말이죠.

그랬더니 정말 신기합니다. 아무것도 안 놓기로 하니까 뭔가를 꺼내더라도 바로 제자리에 갔다 놔야지 하는 생각이 드는 겁니다. 물건이 널려 있을 때는 '에라 모르겠다' 라는 심정이었던 것 같아요. 물건이 물건을 부른 거죠. 이젠 속이 다 시~원하네요!

009

11월에
연하장

올해도 앞으로 한 달이면 저물어요. 해마다 이 무렵이 되면 어깨가 무거워지는 이유는 바로 연하장 때문일 거예요.

　나는 항상 연하장을 두 가지로 만들어요. 하나는 가족의 근황을 그린 개인적 용도(남편도 사용), 또 하나는 업무용. 하지만 연하장을 연말이 다 돼서 만들기 시작하다 보니, 이미 보냈어야 할 연하장에 해가 바뀌었는데도 열심히 주소를 쓰고 있는 형국이에요. 올해 온 건지 작년에 온 건지도 헷갈리는 상황. 그래도 어찌어찌 보내고는 있지요.

　그렇지만 요 2년간은 일이 너무 바빠서 변변히 보내지도 못하고

실천가능성 ★★☆☆☆

있었네요. 특히 작년에는 "올해는 연하장 보내는 거 포기하자!"고 선언했더니 남편이 지금까지 내가 그린 가족 얼굴을 컴퓨터에 입력해 연하장을 만들어줬어요. 그런데도 보낸 건 정말 얼마 안 되네요. 준비했던 연하용 엽서는 그대로 남아 버려서 결국 우체국에서 우표로 바꾸었고… 받은 분들께 답장을 보내지 못한 경우도 많고 해서 죄송한 걸 이루 말로 다하지 못할 정도예요.

그럼 앞으로는 연하장을 보내지 말까? 고민도 해보았지만 어쩐지 서운해져서 결국 포기를 못해요. 연하장으로 겨우 소식을 주고받는 친구들도 있구요.

이런 연유로 올해는 발상을 전환해보기로 했어요. 연말이 오기 전인 11월에 연하장을 미리 써버리는 겁니다. 연말에는 바빠질 게 뻔하고, 지금이라면 아직 마음의 여유도 있으니 말이에요. 생각해보면 평소에 연하장 쓰는 걸 뒤로 미루고야 마는 이유는 내가 일러스트레이터이기 때문이에요. 새해에는 뭔가 재미있는 걸 그려야 하지 않을까라는 압박감을 스스로에게 주고 있는 거죠. 올해는 내용을 너무 고민하는 것도 포기했어요.

결과적으로 상당히 기분이 가벼워졌어요. 생각보다 훨씬요. 항상 연말에 일을 필사적으로 하면서도 마음속 한 구석에서는 연하장 때문에 마음이 무거웠는데, 올해는 그로부터 해방됐으니까요.

항상 신경 쓰이는 일을 '에라 해버리자' 하고 해결해버리면, 생각보다 마음이 홀가분해져요. 그렇지만 우선 주소를 적어 우체통에 넣은 뒤에야 비로소 안심이 되겠죠.

뒤고 미루고 싶었던 일은 오히려 빨리 해치워 버리자! 

010:
새 **술**은
새 **부대**에

요즘은 설날이라고 해도 백화점이나 가게들이 별로 쉬지도 않고, 명절 요리도 그렇게 안 먹으니(우리집뿐인가?) 평소와 별로 다를 바 없다는 느낌이 들어요. 그렇지만 새해니까 아주 소중하게 여기는 일이 한 가지 있어요.

내가 아직 어렸을 무렵에는 연말만 되면 어머니가 새 속옷과 칫솔

실천가능성 ★★★☆☆

을 준비해줬어요. 그 무렵에는 설날이란 '특별히 기쁜 날' 이라는 풍조가 강했기 때문에 옷도 되도록이면 예쁜 것을 준비해 주셨어요.

새해니까 뭔가 자기가 소중하게 여기는 걸 새로 바꾸는 건 좋은 일이지요. 기분이 새로워져서 새로운 출발을 할 수 있으니까요. 그렇지만 전부 새로 바꾸려고 하면 부담이 되기도 하니까 어디까지나 자기 상황에 맞게 해야 돼요.

내 경우 친정어머니처럼 속옷과 칫솔은 물론, 타월과 목욕탕 수건을 바꿉니다. 타월은 미리 주문해서 만드는 걸 사용하는데, 올해는 주문하는 걸 잊어버려 2월에 올 예정. 후후후.

그리고 결혼해서 지금까지 18년, 거의 매년 새로 바꾸는 게 바로 '젓가락'. 이건 시댁의 습관이에요. 매년 새해 첫 참배로 미야지마에 가는데, 젓가락 전문점에서 새 것을 사요. 너도밤나무, 흑단, 밤나무, 노송나무 등 여러 나무로 만든 젓가락이 있어서 올해는 뭘로 할까 고민해보는 것도 즐거운 일이지요.

젓가락은 매일 사용하는 거라 의외로 잘 닳아요. 작년까지 쓰던 젓가락에는 "고맙다"고 인사하고 영원히 바이바이. 새 젓가락으로 밥을 먹으면 "아, 새해가 드디어 왔구나"라고 실감해요. 또 정신없이 보낸 정월이 지났다는 것도 문득 깨닫게 돼요.

호들갑이 아니라, 그렇게 기분을 완전히 바꿀 수 있는 점이 좋아요.

절기가 바뀌면 분위기도 바꾸자

011

역시 **연하장**은
좋은 것이여~

올해 받은 수많은 연하장을 혼자 웃으며 읽어봅니다. 연하장으로만 연락을 주고받는 친구들이 꽤나 늘어났지만, 정해진 문장 외에 손글씨로 조금씩 써내려 간 내용들을 읽다 보면 깜짝 놀라는 일이 한두 가지가 아니에요.

우선 작년에는 혼자였는데, 어느새 결혼해 엄마가 된 친구도 있어요. 1년이란 정말 짧은 것 같은데도 아이를 만들기에는 충분한 시간이네요. 이런 친구한테는 축하 편지를 보내거나, 오랜만에 연락을 하게 돼요.

예전에 받은 연하장 중에 한 친구가 집을 짓는다는 이야기를 썼더라구요. 그리고 마지막에 "〇〇건설, 어때?"라는 질문을 했어요. 대답을 내년 연하장에 쓰면 너무 늦어져버리니 그 전 연하장에서 이메일 주소를 찾아서 바로 답장을 썼어요.

사촌이 보낸 연하장에는 "마크로비오틱을 시작했다"는 소식. 마크로비오틱? 실은 그런 말을 몰랐기 때문에 이메일을 보냈더니, 여러 가지 관련 웹사이트를 소개해 주었어요.

그렇게 한동안 메일을 주고받았는데, 글쎄 어느 날 도쿄역 홈에서 우연히 그 사촌과 마주친 거예요. 나는 야마구치에서 출장 왔고, 사촌은 시즈오카에서 출장온 것이었죠. 이메일을 서로 주고받은 후라

실천가능성 ★★☆☆☆

서 인연이 깊어진 건가 싶어 신기했어요.

또 "도쿄 마라톤에 출전한다!"거나 "발레를 시작한다"는 등 그 후 어떻게 됐는지 궁금하게 만드는 친구들도 많이 있어요.

편지와 달리 이메일은 가볍게 보낼 수 있어서 좋아요. 1년에 한 번 연하장으로 누군가와 연락하고 소통하는 게 참 기쁜 일이에요. 올해는 나도 연하장에 이메일 주소와 근황을 주로 썼어요.

20년 가까이 연락을 서로 못했는데 그 연하장 내용을 보고 이메일을 보내기도 해요. 다시 서로 만나게도 되고. 이게 바로 새로운 연하장 활용법이에요.

아날로그에다 디지털의 이점만 플러스하기

012

숙련된 **채썰기**에도
감동이

항상 별 생각 없이 양배추를 대충 채썰곤 했어요. 그런데 함께 일할
기회가 있었던 마사코 씨가 채썬 것을 보고는 깜짝 놀라고 말았어요.
내가 썬 것과는 완전히 다른 것이었으니까요.

　가늘고 가지런히 줄을 맞춰 있는데다 부피감도 있어 보였어요. 보
기에 좋은 건 둘째치고라도 그 부드러운 식감과 입 안에서의 싱싱한
느낌. 같은 양배추인데 썰기에 따라 그렇게 다른 인상과 맛을 낼 수

실천가능성 ★★★★☆

도 있더군요.

양배추 채썰기는 대학생 때 가게에서 먹고 자면서 아르바이트를 한 적이 있었는데, 그때 매일 양배추 한 개씩을 채썰어야 했었지요.

당시만 해도 집에서 요리를 도울 일도 별로 없었기 때문에 채썰기라기보다는 깍둑썰기에 가까운 것이었어요. "조금 더 얇게 썰어!"라는 잔소리를 들어야 했죠. 그런데 한 달 후 아르바이트가 거의 끝날 무렵에는 "채썰기가 아주 좋아졌어!"라는 칭찬까지 들었답니다.

마사코 씨한테 채를 잘 써는 요령을 물어봤어요.

우선 한 장씩 벗겨서 같은 방향으로 겹쳐서 둥그스름하게 잡은 후 심과 평행으로 (여기가 중요!) 썰어야 잘게 부서질 확률이 가장 적고 예쁘게 잘라진다는 조언.

실제로 도전! 우선 칼을 잘 갈아야겠죠. 양배추를 한 장씩 벗겨서 씻은 뒤 세팅했어요. 그러고 보니 항상 방향 같은 건 생각해본 적도 없이 이리저리 돌려가며 썰었던 것 같네요.

이렇게 정성껏 쓱쓱 썰어나갔어요. 그랬더니 평소하고는 완전히 다른 예쁜 양배추 채가 탄생. 여기에 냉장고에 남아 있던 피망과 당근도 채썰어 섞었어요. 아주 색깔이 고운 샐러드가 완성. 멋진 반찬 한 가지가 되었어요.

조금 신경을 써서 정성껏 썰었더니 생각지도 못한 좋은 결과를 얻었어요. 같은 일을 해도 의식하기에 따라 결과가 아주 달라지죠. 앞으로 한동안은 양배추 채 반찬이 상에 계속 오를 것 같네요.

조금만 의식하면 내 요리도 일품

013

추위
극복기

크리스마스가 다가올 무렵, 중학교 1학년에 다니는 아들이 크리스마스 선물로 코타츠(난방기구가 달린 상)를 사달라고 하네요. 아들이 태어나고 지금까지 한 번도 집에 코타츠가 있었던 적이 없었어요. 어디 친구 집에서라도 보고 온 것일까요?

우리 친정집에는 코타츠가 있었어요. 내 방에서 사용할 수 있는 1인용을 사달라고 해서 거기서 공부를, 아니 만화를 읽은 시간이 더 길었던 것 같아요.

쾌적한 건 알겠지만, 코타츠는 한번 들어가만 그걸로 끝이에요. 엉덩이가 바닥에 찰싹 들러붙어 움직이려 하질 않죠. 게다가 졸기에 딱 안성맞춤이지, 금방 지저분해지지. 이런 이유로 안 된다고 했더니, 이번에는 탕파(뜨거운 물을 넣어 쓰는 난방용 보온 주머니)를 사 달라고 조르네요. 도대체 어디서 안 걸까? 나조차 써본 적이 없는데. 난 어릴 적에 전기난로를 썼거든요.

뭐, 그 정도라면 사줘도 되겠다 싶어 근처 잡화점에 갔어요. 점원한테 물어보니 특설코너에 있었어요. 플라스틱제는 이미 다 팔려버려서 옛날부터 쓰는 타입인 함석으로 만든 타원형 제품과 커버를 샀어요.

아들한테 보여주니 뛸 듯이 기뻐하며 주전자에 물을 끓이기 시작했어요. 주전자 물 한 통이 다 들어가네요. 커버를 둘둘 말아 품으니 너무나 따뜻했어요. 전기제품이었다면 건조해질까봐 마음 쓰였을텐데, 이건 그럴 염려는 없어요. 움직이면 찰랑찰랑 들리는 물소리도 마음을 푸근하게 하네요.

탕파를 이불 속에 넣기 전에 아들하고 교대로 배 위에 얹어 놓고 (저온 화상에 주의!!) 따뜻함을 즐겼어요. 그날 밤은 추웠지만, 따뜻한 이불 속에서 푹 잘 수가 있었어요.

물이 이불 속에서는 하룻밤을 자고 나도 차가워지지 않았더군요. 다음날 아침, 아들이 탕파 속 미지근한 물로 세수까지 했답니다. 그야말로 친환경, 에코!! 옛부터 쓰던 것, 정말 좋네요. 아들 덕분에 어깨가 으쓱해지는 기분이에요.

조상의 지혜가 깃든 물건도 사용하고 동시에 환경까지

뒷
이야기

반응이 엄청 좋았던
〈욕실 청소는 매일 조금씩〉

우리집 욕실
청소 용품
청소 용품

몸을
씻은 뒤

하는 김에
몸의 일부라고
생각하면서
수건도 몇 장인가
빤다.

하는
김에

매일은 아니지만
생각날 때마다 하고
있어요.

쓱싹 쓱싹

'하는 김에'
'일단'
'조금씩' 은
목욕탕 청소만이
아니라

수건을
바꾸는 김에
세면대와

수도꼭지도
거울도
닦아버린다.

다른
장소에
응용
OK!

세면대도

쓱 쓱

사용한
수건

OK!

그런데 정원의
고야는 그 후

여름 출장 중
가족들에게
물주기를
부탁했는데
깜빡
잊었다고…

사맹!

약 10cm

떼구 르르…

못
먹었지만

그래도 작은 게
한 개 열렸다.

시원하다…

올해는 반드시 성공시켜서
집 안에서 그린커튼을 보고 싶다~

맛있겠다~
고야
요리

Chapter 5

개와 함께

001 :
새 **가족**이 된
느림보 **강아지**

드디어 기다리고 기다리던 그날이 왔어요. 바로 우리집에 강아지 한 마리가 새 식구로 온 겁니다. 생각해보면 단독주택으로 이사하고 나서 고민하기 시작한 지 벌써 2년 가까이.

실은 나는 태어나서 지금까지 개를 키워 본 적이 없었어요. 이사 오자마자 초등학생, 중학생인 아이들이 "키우고 싶다!!"며 엄청나게 졸라댔어요. 사실 나도 강아지랑 함께 생활해본 적이 없어서 한번쯤 은 괜찮겠다 싶었고요.

실천가능성 ★★☆☆☆

그렇지만 강아지를 키우는 사람들은 하나같이 말하더군요. "아이들이 아무리 잘하겠다고 해도 집에 없잖아. 결국 돌봐야 하는 건 엄마라구요." '어, 나라고?! 지금 이대로도 매일 허둥지둥인데, 돌봐야 하는 게 또 한 사람, 아니 한 마리 늘어난다고?' 게다가 한 번 키우기 시작하면 10년은 함께 해야 하니. 죽는 모습까지 봐야 하고. 이건 정말 각오가 필요한 결단이었어요.

이런 내 등을 떠민 건 이전 어딘가에서 읽었던 기사 몇 줄이었어요. "사춘기 아이들에게는 완충재로서 동물이 좋다"고. 그야말로 우리집 아이들은 지금 그 어렵다는 사춘기를 겪고 있으니. 그래, 키우자, 개!

이런 사연으로 어느 일요일, 가까운 공원에서 시가 주최하는 강아지 주인 이어 주기 이벤트인 〈멍멍은행〉에서 2개월 반 된 흰 색 잡종 암컷을 받아왔어요.

그런데 이 녀석이 너무 내성적이라서 방 한 구석에 앉아서는 꼼짝을 안 하네요. "이리 와", "이리 와" 하고 불러도 조용~ 이쪽을 보기만 할 뿐이에요. 완전히 고양이 같아요.

그래도 며칠 동안 함께 지내면서 조금씩 꼬리를 치거나 장난감으로 놀게는 되었지요. 이런 강아지도 있구나 싶을 정도예요. 그렇네요. 인간도 이런 사람 저런 사람 있으니까요. 이 녀석은 이런 성격이구나 했죠. 시간이 걸리겠지만 서로 익숙해지면 꼬리를 치며 따라 다니겠죠. 천천히 성장하면 된다 싶어요. '어~, 나는 성격 엄청 급한데!!'

이렇게 생각할 수 있는 내가 조금은 대견하게 느껴지네요.

사람도 제각각 개도 제각각

산책 무서워하는
마야

강아지 주인 연결 이벤트 〈멍멍은행〉에서 받아온 강아지 마야가 벌써 5개월이 됐어요. 잘 먹어서 그런지 덩치도 쑥쑥 잘 크고 있어요.

그런데 전혀 성장하지 않는 건 심장. 우리집에 처음 와서는 소파에 틀어박혀 안 움직이더니, 그 후에는 방 한구석에서 "멍!" 짖는 일도 없이 가만히 웅크리고 있어요. 다만 소리에는 대단히 민감해요. 딸깍딸깍 샤프심 소리에도 깜짝! 병 쓰러지는 소리에도 깜짝!

그래도 최근에는 밤이 되면 아주 잠깐이지만 방안을 이리저리 돌아다니거나 볼을 던지면 물어다 주기도 해서 겨우 개다운 모습을 보이기 시작했어요.

그 사이 예방 접종도 해서 이젠 밖으로 외출도 할 수 있게 됐으니 드디어 산보대열에 합류. 이제부터는 매일 아침, 저녁으로 함께 걸어야지 결심했어요. 어느 코스로 할까 생각만 해도 즐거웠지요. 그런데 정작 마야는 현관문을 열고 나가면 바로 나무 테라스로 직행. 거기에 틀어박힌 채 안 나오려고 하네요. 테라스는 아주 좁아 사람은 들어가지 못할 뿐더러 거미줄투성이에요. 개는 어둡고 좁은 데를 좋아하는 것 같지만. 이 겁쟁이 녀석에게 개목걸이라도 해야 할까? 마야가 나무 테라스에서 영영 안 나올 것 같아 불안했는데, 저녁 늦게서야 먹이에 이끌려 주저주저하며 나왔어요.

실천가능성 ★★★☆☆

　기분을 바꾸어 산책용 개목걸이를 걸고 밖에 나갔는데, 무서워서 주저앉은 채 움직이려고도 하지 않았어요. 얼른 집으로 돌아가려고만 했어요. 다른 집 개들은 산책용 개목걸이를 보기만 해도 껑충껑충 뛰며 좋아한다는데, 마야는 이걸 보면 뒷걸음질하니…

　애견 트레이너한테 상담했더니 조금씩 여러 번에 걸쳐 반복하면서 익숙해지는 게 좋다고 조언해줬습니다. 지금은 품에 안고 동네를 걷거나 현관 문 밖에서 해바라기를 하는 정도.

　조금씩 용기를 내어 움직이면 뭔가 새로운 세계를 만날 수도 있겠죠. 마야도 이런 세상을 빨리 경험했으면 좋겠네요.

조금 용기를 내어 새로운 세계로

003 :
어느 쪽이
진짜 모습?

우리집 애견 마야도 9개월이 됐어요. 맨 처음 이 녀석 이야기를 쓴 이후 "도메 씨, 한심한 강아지 키운다며?"라는 소리를 듣는 일이 늘 어났어요. 한심하다니! 너무 심한 거 아냐? 그냥 겁이 좀 많은 것뿐 인데.

맞아요. 왕 겁쟁이예요. 항상 방 한 구석에서 웅크린 채 가만히 있 죠. 멍 하고 짖지도 않아요. 그런데 요즘에는 가족들한테만은 같이 놀자고 다가 올 정도로 진보했어요.

아직 바깥세상은 무서워하고 나가는 걸 너무 싫어한답니다. 그래

서 산책도 품에 안은 채 하곤 하죠. 산책을 너무 싫어하니까 그만둘
까도 생각했는데, 9개월이 된 지금에서야 겨우 산책하는 즐거움을
알게 된 모양이에요.

그렇지만 정원에 묶어두는 건 아예 무리. 완전히 얼어 붙어버려서
몸을 부들부들 떨기까지 하니까요.

이 녀석은 완전 방콕형 개가 되고 말겠구나 하고 체념할 무렵 이
런 일이 있었어요.

아침에 잠깐 눈을 돌린 사이에 이 녀석이 현관 밖으로 뛰어 나가
버렸어요. 남편이 서둘러 뒤를 쫓아가 봤더니 항상 산책하던 공원에
서 기쁜 듯 뛰어다니는 마야가! 그 모습은 우리들에게는 여태까지 보
여준 적이 없는 초 흥분상태였다고 해요.

마야는 남편이 있는 걸 알아차리고 뛰어다니는 걸 멈추더니, 남편
을 향해 걸어오더랍니다. 남편은 "역시 주인은 알아보는구나" 생각
하며 마음속으로 기뻐했더랍니다. 그런데 남편을 그냥 지나치더니
다시 집 방향으로 달려 가버렸답니다. 그리고 집에 도착한 남편 눈에
들어 온 건 현관 앞에 우두커니 앉아 있는 마야의 모습.

그 후에도 산책은 가지만, 정원에 내놓으면 부들부들 떨며 두려워
해요. 실은 얌전히 있는 지금 모습은 가면이고, 그날 공원에서 밝게
뛰어다니던 그 모습이 진짜가 아니었을까요. 그리고 그날은 몰래 숨
통을 틔우러 나갔다 온 게 아닐까요. 왜 그런지 잘은 모르겠지만, 오
늘도 마야는 방구석에 동그마니 웅크리고 있어요.

여러 가지 얼굴이 있어서 재밌어

004 :
애견 **마야**의
한 돌 생일

우리집 강아지 마야가 한 살 생일을 맞이했어요.

　얼마나 겁쟁이 강아지인지 산책가는 걸 무서워하고 언제나 방구석에 웅크리고 앉아만 있었지요. 거기에 관련해서 많은 독자들이 메일을 보내줬어요. "혹시 학대를 받았던 게 아닐까요?", "우리집 강아지도 정말 겁쟁이랍니다" 등과 같은 사연을 보내주신 분도 있었지요. 정말 감사합니다.

　학대를 받았을 거라는 추측에 관해서는 가능성이 희박한 것 같아요. 강아지를 받을 때 전 주인에게 이런저런 이야기를 미리 들었기

때문이에요. 역시 성격이 아닐까 싶어요. 마야 관련 글이 소개된 덕분에 형제 강아지도 만났는데 이 녀석도 너무나 겁쟁이더라구요. 활발한 개만 있는 건 아닌가 봅니다.

그러던 마야도 이제는 가족들한테 완전히 익숙해져 집 안 여기저기를 뛰어 다닙니다. 단지 아직도 모르는 사람이 오면 후다다닥 제자리로 돌아가 숨죽이고 웅크리고 있어요.

별로 짖는 일이 없는 이 녀석도 가끔은 바깥 나무에 걸려 버린 빨래를 보고 짖기도 하네요(한심하다…).

나한테 마야는 처음 키워 본 강아지예요. 처음에는 어떻게 길들일지, 외출할 때는 어찌 혼자 둘지 걱정거리가 많았지만, 지금은 당당한 가족의 일원이 됐어요. 사춘기로 격동의 시간을 보내는 아이들도 마야한테만은 다정히 말을 건넨답니다. 내가 강아지 키우면서 마음에 두었던 첫 목표는 일단 달성한 셈이네요. 그런데 마야가 우리들을 바라보고 있을 때의 눈은 천진난만. 나도 어렸을 때는 이런 눈을 했었을려나.

그런데 마야를 키우기 시작할 때부터 마음 쓰이는 일이 하나 있어요. 우리보다 목숨이 짧다는 사실. 귀여우니 소중한 마음도 한층 더해요. 그래서인지 함께 있는 시간이 더 귀중하게 여겨져요. 오늘도 마야는 창 앞에 앉아 햇살을 받으며 꾸벅꾸벅 졸고 있네요.

함께 지내는 한정된 시간을 소중히

005:
마야의
괴물

드디어, 피아노를 샀답니다!!! 24년 만에 피아노를 다시 치기 시작한 거예요. 피아노는 언제나 마야가 있는 다다미방에 놓아두었어요. 중고지만 반짝반짝. 건반의 감촉이 마음을 흐뭇하게 해요.

　기쁜 반면 걱정거리도 있어요. 실은 마야가 밤중에 여러 가지 물건을 갉아 먹거나 발톱을 세워 긁거나 한 전과가 있어요. 한 살하고도 3개월이 된 지금도. 계단 끝자락, 다다미, 콘센트 등 그 피해는 수없이 많죠. 이 반짝반짝거리는 피아노만은 피해를 입지 않기를!!!

실천가능성 ★★★☆☆

그런데 마야는 피아노가 온 뒤부터 웬일인지 다다미방에 전혀 안 들어가네요. 하루 종일 부엌이나 거실에서 지냅니다.

5일 정도 지나서 쭈뼛쭈뼛 다다미방에 들어가기는 하는데, 피아노를 힐끔힐끔 보면서도(한참 응시하고 있으면 무서운 듯) 피아노에서 제일 멀리 떨어져 걷고, 방구석에 웅크리더니 안 움직이네요.

검고 크고 번쩍이는 물건. 마야한테는 괴물로 보일까요? 내가 피아노를 치기 시작하면 후다닥 다다미방에서 도망쳐 버립니다. 공포심 때문이겠지만 기분은 상당히 별로. 뭐 내 실력도 좋다고 말할 수는 없고.

같은 다다미방에 전자오르간이 있어요. 이건 전혀 무서워하지 않고 딸이 치면 기분이 너무 좋아 보여요. 이 녀석이 좋아하는 버섯 인형을 갖고서는 이리저리 뛰어 다녀요.

그런데 겁쟁이 강아지도 언제까지나 무서워만 하는 건 아닌가 봅니다. 3주일 지나니까 어느 정도 피아노에 익숙해졌어요. 자신을 공격하는 물건이 아니라는 걸 겨우 깨달은 거죠.

전에는 바깥세상이 무서워서 산책도 못 나갔던 마야. 지금은 산책시간이 너무 기다려져 어쩔 줄 몰라해요. 그리고 최근에는 내가 피아노를 치면 다리 근처로 다가 와요. 처음에는 아무리 싫어도 언젠가는 익숙해지네요. 포기하면 안 된다는 걸 마야가 가르쳐준 것 같네요.

처음에는 무서워해도 금세 익숙해지는 마야

뒷
이야기

마야 이야기 칼럼은
항상 반응이 좋아요.

강아지는
보고
있었대!!

싯

또

지금

개를
키우고
있어요.

라는 사람도 있고.

옛날에

키우던
강아지가
생각나요.

걱정파

마야가
학대받은 게
아닐까…
병들어서 힘이
없는지도?

동조파

우리 개도
엄청 겁쟁이예요.
우리 강아지만이
아니었네요.

이런 걱정은 필요 없는 것 같아요. 고맙습니다!

편지를
받았
어요.

마야가
빨래를 보고 짖는 건
가르쳐 주려는 거예요.
우리집 강아지도 그래요.

다시 한 번
강아지와
사람 관계가
얼마나 깊은지

알았
어요.

지금 마야는
두 살

마야!!

요즘 겨우 이름을 부르면
오게 됐어요.
그래도 거의 짖지 않아요.

이리와~

살랑살랑

그래서 마야는
눈으로 호소해요.

물끄러미

귀여워~

죽겠어~

← 아들

놀자!!

지금은
배가
고프다니까!

오늘도 〈산책〉
〈놀자〉〈배고파〉를
눈빛으로 호소해.

글을 마치며

이 칼럼은 니혼케자이신문 토요일판 〈닛케이 플러
스원〉에 2007년 5월부터 2008년 4월까지 연재한
내용을 가필수정한 것입니다.

　니혼케자이신문이라고 하면 좀 딱딱한 이미지이지요. 그래도 토
요일이니까 내용은 기분전환 삼아 편안하게 읽으며 좀 릴렉스할 수
있는 것, 그리고 나 자신도 금방 실천해볼 수 있는 간단한 것(그중에
는 여성만 가능한 것, 좀 어려운 것도 있습니다만)들이에요. 그걸 염
두에 두고 이번 주는 이것, 다음 주는 저것 같은 식으로 테마를 정하
면서 스스로도 새로운 것에 도전해봤어요.

　그중 몇 가지는 내 습관과 견해를 바꿀 정도로 영향력이 컸습니
다. 새로운 문이 몇 개나 열렸는지!

사람에게는 제각각 변화시키면 좋은 부분
과 바꾸지 않는 쪽이 좋은 부분이 있는 게
아닐까요. 바꿔도 좋은 부분은 자꾸자꾸 바
꾸는 게 신선하고 즐겁겠죠. 그 계기가
되고 원동력이 되는 게 바로 '감동'

그건 일상생활 속, 내 주위에서 무수히 굴러다니지요. 그걸 미처 알아채지 못할 뿐. 나는 이 '감동'을 얼른얼른 주워담아 일러스트레이션으로 바꾸고 글로 바꾸어 표현해 나가려고 합니다.

연재하는 동안 독자 여러분들로부터 이메일과 편지를 많이 받았어요. 전부 다 기쁘게 읽었어요. 정말 감사드립니다. 그리고 여기까지 읽어주셔서 다시 한 번 머리 숙여 고마운 마음 전합니다.

가미오오카 도메

옮긴이의 말

일본은 지금 강도 9.0, 건물 4층까지 덮친 쓰나미, 사망자만 수만 명에 이르는 대재난 앞에서 서 있습니다.

　매일 매일 늘어가는 사망자 숫자를 보면서, 원자력발전소 폭발로 인한 방사선 피폭 불안에 떨면서, 생사를 확인한 가족들의 기쁨의 울부짖음을 보면서 함께 눈물을 흘립니다. 가족을 잃은 슬픔을 뒤로 하고 열심히 봉사활동을 하는 사람들 모습에서는 숭고함마저 느껴집니다. 그리고 쓰나미에 다 휩쓸려가고 그나마 몸뚱이 하나 남아 있는 그들을 보면서 오늘의 소중함을 너무나 절실히 느낍니다.

　“조금 있다가”, “내일”, 혹은 “나중에”가 얼마나 부질없는 울림인지 새삼 깨닫습니다. 하고 싶은 일이 있다면 핑계거리를 찾지 말고 지금 당장 해보고 싶습니다. 내가 선택하고 나아가야 할 길이 비록 남하고는 다를 수는 있어도 주저할 이유는 없겠습니다. 내 인생이니까요. 내일을 기약하기 위해 오늘 괴로움에 허덕이고 싶지는 않습니다. 먼 훗날의 부를 움켜쥐려고 안간힘을 쓰기보다는 지금 이 순간에 의미 있게 돈을 써야겠다는 깨달음도 얻습니다.

그게 뭐든 매순간 자신이 정말 하고 싶은 게 뭔지, 살아 있는 내 자신을 느낄 수 있는 게 뭔지에 눈 뜨고 살아가려고 합니다. 그리고 생각하기보다는 실천하려고 합니다.

가미오오카 도메 씨의 『내일 더 행복하기』는 이런 나에게 작은 실천 방법을 알려줍니다. 매일 어떻게 선택하고, 어떻게 새로워질 수 있는지 길을 가르쳐줍니다. 『여자를 바꾸는 5분 혁명』과 같은 짧은 글과 알기 쉬운 만화가 가슴에 확 와 닿습니다. 이 책이 여러분들이 매일 새로운 자신을 찾아가는 길에 좋은 동행이 되었으면 좋겠습니다.

2011년 3월 대재난에 직면한 도쿄에서

은미경

내일 더 행복하기

초판 1쇄 발행일 2011년 6월 10일

지은이 | 가미오오카 도메
옮긴이 | 은미경

펴낸이 | 이상만
펴낸곳 | 마로니에북스
등 록 | 2003년 4월 14일 제2003-71호
주 소 | (413-756) 경기도 파주시 교하읍 문발리
          파주출판도시 521-2
전 화 | 02-741-9191(대)
편집부 | 031-955-4919
팩 스 | 031-955-4921
홈페이지 | www.maroniebooks.com

ISBN 978-89-6053-200-7

KAMIOOOKA TOME NO ITSUMO TO CHIGAU HI
Copyright © 2009 by Tome Kamioooka
Korean translation rights arranged with NIKKEI PUBLISHING, INC.
through Japan UNI Agency, Inc., Tokyo and Korea Copyright Center, Inc., Seoul